PECES ABISALES

colección andanzas

Obras de Rosa Ribas
en Tusquets Editores

ROSA RIBAS
PECES ABISALES

1.ª edición: marzo de 2024

© Rosa Ribas, 2024

Diseño de la colección: Guillemot-Navares
Reservados todos los derechos de esta edición para
Tusquets Editores, S.A. – Av. Diagonal, 662-664 – 08034 Barcelona
www.tusquetseditores.com
ISBN: 978-84-1107-434-6
Depósito legal: B. 2.107-2024
Fotocomposición: Moelmo
Impresión y encuadernación: Unigraf, S.L.
Impreso en España

Índice

Peces abisales

Quizás, en general, haya poco que contar acerca de la vida, tan monótona casi siempre, y por eso existen y nos gustan tanto las novelas y las películas, donde los años, aligerados de su carga de tedio y reducidos a lo esencial, se organizan armónicamente en torno a un argumento con su principio, su desarrollo y su final trágico o feliz. Y nos parecen reales, o al menos verosímiles, porque nuestras vidas, vagamente, se parecen a esas historias completas y cerradas.

LUIS LANDERO, *El balcón en invierno*

Llámalo ilusión si quieres, pero dentro de mí había una insistencia en que cualquier cosa que hiciéramos, las cosas que se dijeran, los amaneceres, las ciudades, las vidas, todo eso debía juntarse, había que transformarlo en páginas, o corría el peligro de no existir, de no haber existido nunca. Llega un momento en que te das cuenta de que todo es un sueño, y solo aquellas cosas que se han preservado por escrito tienen alguna posibilidad de ser reales.

JAMES SALTER, *Don't Save Anything*

Las novelas, en particular, son algo muy delicado, porque estás poniendo al descubierto quién eres en realidad. Ninguna otra forma de escritura hace esto, ni siquiera unos *Poemas completos,* ni ciertamente una autobiografía o unas memorias impresionistas como las de *Habla, memoria,* de Nabokov. Si has leído mis novelas, lo sabes absolutamente todo de mí.

MARTIN AMIS, *Desde dentro*

1
De páginas en blanco
y profundidades abisales

Me gusta empezar a escribir porque hago desaparecer la página en blanco. Literalmente.

No le tengo miedo a la página en blanco, me desagrada. Su blancura me molesta, es una tortura visual. Por delante de mis ojos, en realidad, por el interior de mis ojos, en el humor vítreo, flotan siempre partículas, manchas, cuerpecillos informes cuya presencia es más evidente en cuanto miro una superficie monocolor, y son omnipresentes si la superficie es blanca. Existe una expresión en francés para estos cuerpos, *mouche volant,* que los hace parecer, quizás, algo más simpático o incluso glamuroso, como si se tratase de una enfermedad decadente, muy *fin-de-siècle,* de la que una se queja con cierta displicencia mientras fuma con languidez, «hoy la *mouche volant* me está volviendo loca». En mi caso, más que una mosca, lo que vuela por el interior de mis ojos es un enjambre entero.

Cubrir las páginas blancas de letras es un alivio. Cada palabra, cada línea sobre la superficie lisa hace que deje de percibir los cuerpos flotantes. Es la simple técnica de tapar una mancha con otra mayor. Aunque no me engaño, sé que, por más que la página esté llena de palabras escritas a lápiz, de flechas que suben y bajan, de borrones, mi visión sigue siendo turbia, y que, en cuanto llegue al final de la página, aparecerá la siguiente, blanca y sobrepoblada de sombras. Odiosa como los cielos azules, sin nubes, las paredes desnudas, la arena de las playas denominadas «paradisiacas». Pero mientras escribo, no veo el papel, no veo el blanco, no veo, por lo tanto, las partículas, que son un ruido perenne, como el pitido para aquellos que padecen acúfenos. Mientras escribo, desaparecen las moscas y desaparece el ruido del mundo.

Lo aprendí incluso antes de empezar a escribir. Para entretenernos, mi madre a veces nos ponía a pintar «mantelerías», que eran ajuares de papel hechos con hojas cuadriculadas. Un folio era el mantel; con otro folio cortado en cuartos tenías las servilletas. Hacer mantelerías consistía en colorear alternativamente los cuadraditos con un rotulador, a ser posible rojo, para lograr una muestra ajedrezada. Era una tarea a la que me dedicaba con absoluta concentración. Uno tras otro marcaba el contorno de cada cuadrado para no salirme y lo rellenaba con cuidado. Mientras pintaba cuadraditos, no había ruidos, no había hermanos ni vecinos ni perros. Tampoco había deberes, porque nada era más importante que convertir una insulsa cuadrícula en un mantel a cuadros. Nadie podía pedirme nada, ni siquiera mi madre, ya que ella era quien había encargado la mantelería. Mientras pintaba cuadraditos en la mesa del comedor, me quedaba fuera del mundo, ensimismada, mejor dicho, enmimismada. No sé dónde estaba, pero desde luego no estaba allí.

Lo mismo me sucede cuando escribo. No sé dónde estoy, pero sí sé dónde no estoy. O quizás sí, estoy cubriendo una página en blanco con letras de grafito como antes cubría la cuadrícula con tinta de rotulador. En los mantelitos y las servilletas se notaba después el peso de la tinta en el papel. Aunque menos, en mis hojas escritas a lápiz también se tiene que notar el peso del grafito que me ha ayudado, línea a línea, a mantener a raya a las partículas, un efecto secundario de la miopía.

A la miopía le debo muchas cosas, casi ninguna merecedora de agradecimiento: terrores nocturnos, insultos por mis gafas, no poder practicar deportes de contacto, tener los otros sentidos agudizados a veces de manera dolorosa, el odio a las superficies blancas, no saber nadar bien, complejos..., pero también una forma propia de ver el mundo derivada de la visión defectuosa de unos ojos tan grandes como poco útiles.

Si las carencias, más que las capacidades o virtudes, son las que impulsan y caracterizan a los escritores, la miopía ha determinado mi mirada, mi forma de percibir el mundo y, por supuesto, mi escritura.

Estoy hablando de más de veinte dioptrías (hace tiempo que decidí no preguntar por el segundo dígito), de unos ojos que aparecen en artículos especializados de medicina. Durante unas pruebas en la Clínica Universitaria de Frankfurt, uno de los oftalmólogos, con el irresistible acento de los brasileños hablando alemán, me pidió permiso para publicar imágenes de mis ojos en sus estudios. Parpadeé con coquetería al decir que sí, a pesar de saber que lo que le interesaba era el fondo del globo ocular.

Son unos ojos ante los que el catedrático que los operó (porque unos así los tenía que operar, por supuesto, el gran maestro en persona) hizo desfilar a todos sus discípulos. Puestos en fila con sus batas blancas, se asomaron a mis ojos a través de un aparato para contemplar el resultado de la operación. Que detrás del aparato y del ojo hubiera una persona no sé si llegaron a apreciarlo, mientras miraban y admiraban la obra del maestro que les iba indicando en qué tenían que fijarse.

Así que cuando hablo de miopía, estoy hablando de manchas de colores, de borrones, sombras y reflejos, como vistos a través de un parabrisas mojado. Sin gafas, la realidad visual es hipotética, la gente, como en los cuadros de Philip Barlow, es anónima, si me apuran, abstracta. Me cuesta distinguir qué manchas forman parte del mismo objeto, si están cerca o lejos, si se mueven o permanecen quietas, cuáles son parte del escenario y cuáles son la acción. Sin gafas, el mundo es un enigma y una inferencia.

A lo largo de los años, los oculistas me lo han venido diciendo. A diferencia de otros especialistas, como ginecólogos o dentistas, los oculistas suelen ser bastante lacónicos, tal vez contagiados de la parquedad de lo que nos hacen leer cuando nos miden la visión.

—A, Z, T y un ocho.

—La siguiente.

—Algo redondo. ¿O? ¿C?

—Usted no ve bien.

Menuda novedad.

—Es una O. Sí, es una O. La que no veo es la siguiente línea.

—Ni la verá.

—Gracias, doctor.

No veo la siguiente línea, pero la imagino, y me queda la sospecha de que era mucho más interesante que las anteriores. Esa sí que tenía sentido, ahí se encontraba consignada una clave secreta, las coordenadas del tesoro.

Me quedaré sin saberlo. El oculista nunca me la revela. Si me la leyera, yo incluso la vería, porque mi cerebro está acostumbrado, más bien ansioso, por rellenar los huecos de información. Tiene mucha práctica, lleva años haciendo inferencias a partir de premisas incompletas y llenándome la vida de extraños acompañantes. Se los presentaré en unas páginas.

A la miopía le debo también, como dije, no saber nadar bien. La piscina municipal del Prat en la que nos daban las clases de natación de pequeños tenía unos dos metros de profundidad; no había ningún punto en el que se pudiera hacer pie. La piscina tenía para mí dimensiones oceánicas, porque desde un extremo a duras penas llegaba a distinguir dónde estaba el otro.

A los niños que aprendíamos a nadar nos ponían alineados en el agua, con las manos apoyadas sobre el borde rugoso de la piscina, y nos hacían patalear como minibatidoras. El cuerpo flotaba, pero en ningún momento te olvidabas de que debajo de ti había casi dos metros de agua dispuestos a engullirte, de modo que te aferrabas al canto áspero procurando no ceder ni un centímetro.

El método pedagógico del monitor, un tipo triangular cubierto de vello pelirrojo, consistía en agarrar al azar a un niño por la mano y el pie y tirarlo al centro de la piscina. El niño elegido pasaba dando alaridos sobre nuestras cabezas como una estrella de mar voladora y caía al agua. Después llegaban los berridos del tipo diciéndole que cerrase la boca si no quería tragarse la piscina y que moviera los brazos y las piernas. El primer día del cursillo no te tiraban, pero esa podía ser tu suerte a partir del segundo, si el triángulo pelirrojo consideraba que ya habías batido suficientemente el agua.

Cuando ese día por fin nos permitieron salir, me puse las gafas que había dejado en las gradas sobre una toalla y miré hacia el centro de la piscina para asegurarme de que en el fondo no estaban los cuerpos de los niños que no habían movido bastante los brazos y las piernas.

Al llegar a casa le conté a mi madre que la piscina no solo era honda sino infinita, y ella decidió que no volvería a clases de natación. Siempre se lo agradeceré, aunque siga sin saber nadar bien.

Cuando miro el mar, no puedo dejar de imaginar qué se oculta debajo. El fotógrafo alemán Sven Johne tiene una serie de cinco fotografías de gran tamaño de la superficie del mar titulada «Ship Cancellation». Lo que vemos son olas. Sobreimpreso, rozando la línea del horizonte, leemos el nombre del mar, el nombre de un barco y unas coordenadas que corresponden al punto exacto en que naufragó y se hundió el barco, es decir, lo que no vemos. Sin esas líneas de texto, nada lo revelaría. Tras un hundimiento, la superficie del agua se cierra casi de inmediato y desaparece todo rastro. En las fotos de Johne solo vemos olas idénticas a las que se podría haber fotografiado un par de metros a la derecha o a la izquierda. El agua se lo traga y lo oculta todo sin el menor asomo de culpabilidad.

En el agua no se pueden poner lápidas ni monolitos como el que marcaba el lugar en el que un avión Messerschmitt se había hundido en los terrenos pantanosos y palúdicos del Prat de Llobregat, mi ciudad natal. Sucedió en 1940 durante una exhibición en el aeródromo del Prat. Mientras dábamos un paseo a la playa, mi abuelo paterno, siguiendo la tradición de transmitir fantasmas propios y ajenos a las siguientes generaciones, señaló la piedra blanca en medio del campo y me contó que el piloto del Messerschmitt quiso lucirse ante su novia, que estaba entre el público. Empezó a hacer piruetas en el aire, pero perdió el control, cayó en picado desde unos mil metros de altura y desapareció en la tierra tras levantar un géiser de barro. Durante mucho tiempo soñé con ello, tuve pesadillas de asfixia, de arenas movedizas en las que el piloto anónimo me tiraba de los pies. Años más tarde supe que se llamaba Eduardo Laucirica y que lo poco que se encontró de él cuando retiraron el monolito para que esos campos quedaran a su vez sepultados por la ampliación del aeropuerto, se llevó a un nicho del cementerio de Montjuic. Para entonces, llevaba mucho tiempo sin visitarme.

El fondo del mar debe de estar lleno de restos de barcos hundidos a lo largo de los siglos. También aviones, y, cerca de la costa, estarán los restos de coches que se precipitaron al tomar mal una curva. Además, cerca del fondo del mar viven los peces abisales, que me fascinan tanto como me duelen.

Cuando iba al instituto, mi amiga Angélica, que cantaba en la coral del Prat, me dijo que seguramente ese año el coro participaría en un concurso internacional en Gales. Lo de cantar, a mí me daba algo de vergüenza, pero la idea de hacer un viaje al extranjero era demasiado tentadora, de modo que me apunté al coro.

Las contraltos, a las que me sumé, eran pocas, y la gravedad de las voces se debía, en la mayoría de los casos, a la edad y a la laringitis crónica de otras integrantes de la cuerda. Solo Angélica y yo teníamos dos voces graves sin que mediaran los años o alguna dolencia. Era un coro aficionado, que cantaba folclore catalán y alguna pieza alemana romántica. Era un coro bastante malo, pero el maestro necesitaba voces para poder presentar a concurso al otro coro que dirigía en Barcelona. De modo que eran muchos los alicientes: las piezas que cantábamos eran buenas, se ensayaba en Barcelona y había un viaje a Gales.

En el concurso se participaba en tres categorías: coro mixto, coro femenino y canción tradicional. En esta última formación no entré porque tenían que ser grupos reducidos, y las contraltos más veteranas reclamaron su derecho a cantar «L'Empordà» con faringitis crónica. Pero, cantásemos o no en el coro tradicional, uno de los días del festival en Llangollen teníamos que ir todos ataviados con trajes típicos, así que me vestí de *pubilla*.

Habría olvidado que las medias blancas que me compró mi madre eran demasiado pequeñas y se rompieron cuando me las puse, por lo que tuve que pasar el día con las piernas desnudas con un frío bastante intenso; habría olvidado la falda de flores, el delantalito negro con puntillas, el corpiño, los guantes de redecilla..., lo habría olvidado todo si durante el festival no hubiera sufrido una transformación zoomórfica que no le deseo a nadie que tenga diecisiete años.

Me convertí en un pez abisal.

Los peces abisales me parecen unas criaturas absolutamente fascinantes, sobre todo aquellos que portan una especie de farolillo bioluminiscente en la cabeza. Pero mi transformación no derivó de la atracción por unos peces que son solo cabeza, mejor dicho, son solo una mandíbula de enormes dientes filosos y ojos saltones. Mi transformación no fue como la del narrador del relato «Axolotl» de Julio Cortázar, que cada día en el Jardin des Plantes de París contempla con tal fascinación estos anfibios mexicanos que acaba convertido en uno de ellos.

Ese día, tras ponerme el traje de *pubilla*, me recogí el pelo en la redecilla negra tradicional en forma de cola de pez a juego con los guantes y, en cuanto logré meter las varillas de mis gruesas gafas, no tuve que volverme para saber que había sufrido una transformación. De reojo en el espejo distinguí el inconfundible perfil de un pez abisal. Los cristales, enormes, gordos como el culo de una botella, asomaban de la forma pisciforme que la redecilla le daba a mi cabeza. Era un pez abisal.

Que tenía que abandonar las profundidades marinas y pasar un día entero siendo un horrendo, feísimo, ridículo pez abisal vestido de catalana y con las piernas desnudas y ateridas. De modo que salí a nadar por el recinto en que se celebraba el concurso, entre guapísimos africanos vestidos con pieles de leopardo y rubísimas polacas con diademas de flores en la cabeza que me hicieron desear, por lo menos, haber tenido mi lamparita bioluminiscente en la cabeza como un pez minero de los fondos marinos.

Conservo una foto del concurso de canto en el que quedamos penúltimos en las categorías de coro mixto y canción tradicional y antepenúltimas en coro femenino. Una foto recordatorio con todos los miembros del coro dispuestos en varias filas. Para la foto me quité las gafas. No me había recuperado todavía de la experiencia de pez abisal. Sin saber quién soy, se me puede distinguir perfectamente: soy la única que no mira a la cámara porque no ve dónde está.

Pero estoy sentada en las rodillas de una mujer, cuyo nombre me apena haber olvidado. Una mujer que tenía la voz tan grave que cantaba con los tenores, por eso solo recuerdo que la llamábamos «la tenora». Una mujer que, cuando nuestro autocar hizo parada en París —porque nuestro coro no se podía permitir hacer el viaje en avión y lo hicimos en autocar— y un camarero nos sirvió el desayuno con brusquedad, tirándonos los *croissants* sobre la mesa, lo increpó en francés preguntándole si creía que estaba dando de comer a los cerdos. La adoré desde entonces.

Sé por experiencia que tienes que hablar muy bien una lengua extranjera para poder usarla cuando estás enfadada. Para que tu propia furia no haga que la lengua ajena se encabrite, te tire al suelo y te deje balbuceando.

También sé que los peces abisales, aunque muy pequeños, son los únicos que tienen mecanismos para resistir la tremenda presión del agua sobre sus cuerpos.

Y, sobre todo, sé que solo tengo que cambiar la forma de contarlo para que no me duela, porque solo gracias al humor he logrado narrarlo, haciendo de ese momento triste, devastador para la ya magullada autoestima de una adolescente, una historieta cómica en la que asoma también algo de heroísmo.

2

De un osito sin rostro y diarios imposibles

Mis padres me han contado que éramos inseparables, que siempre lo llevaba conmigo, que dormía con él, y, sin embargo, no recuerdo su rostro, solo que era un osito de color marrón claro. He buscado las fotos, no son muchas, en las que aparece y, como estoy abrazándolo, en todas sale de espaldas. Al revés sería algo ciertamente perturbador, como si estuviera estrangulándolo o salvándolo de la asfixia con la maniobra de Heimlich.

Era cabezón. Por eso presumo que sonreía. Cuanto más desproporcionados son los muñecos, más tienden a sonreír. Los ositos muy antropomórficos suelen tener una expresión seria, como la de los modelos de moda, que desfilan con cara de enfado o de fastidio para mantener la ilusión de la perfección. Pero, por lo que distingo en las fotos, mi osito estaba bastante alejado del ideal de belleza incluso entre los peluches, ya que tenía una cabezota oblonga casi tan grande como el resto del cuerpo, y era paticorto. Sí, tenía que sonreír.

Guardo el recuerdo de esperar a que me lo trajeran de vuelta de la clínica a la que lo llevaron mis padres cuando los brazos y las piernas le colgaban de hilos. Es un recuerdo tan nítido e intenso, tan lleno de detalles, que me apena sospechar que se debe al relato repetido de mis padres que he ido completando por mi cuenta. Los recuerdos falsos, a diferencia de las plantas de plástico, sí que se ramifican y llegan incluso a dar flores y frutos.

El osito regresó como nuevo de la clínica. Y es que era nuevo. Mis padres habían encontrado uno idéntico en una juguetería de Barcelona y me dieron el cambiazo.

Ser mi osito debía de ser un trabajo de duro desgaste, ya que en algún momento el segundo quedó también en tan mal estado que mis padres declararon que se había muerto. Lo enterramos en la calle de atrás, paralela a las vías del ferrocarril. Tras cruzar ruidosamente el puente sobre el río Llobregat, los trenes pasaban por esa calle que solo tenía casas a un lado. Si alguno se paraba allí, poco antes de la estación, la calle quedaba completa por unos minutos, como flanqueada a ambos lados por edificios, pero la fantasía duraba poco, el tren se ponía en marcha y se llevaba a los pasajeros, que no sabían que durante un breve tiempo habían sido los vecinos de los números impares de una calle manca. Entonces volvía a quedar a la vista el muro que rodeaba el enorme recinto de la papelera. Como la calle no estaba asfaltada, cavamos un agujero y enterramos allí al osito. No recuerdo la ceremonia y se me mezcla con el momento en que mi hermano y yo enterramos a nuestra gata *Bondía,* cubierta por un pañuelo en su sarcófago de zapatillas Victoria, en un descampado, aunque sé que no puede ser porque el entierro de la gata fue cuando ya vivíamos en nuestra tercera casa y el osito lo tuve en la primera.

El osito no tenía otro nombre que «osito» (en castellano, aunque en mi familia seamos catalanohablantes). Ese nombre categórico y definitivo tal vez debería haberles dado a mis padres la pista de que después de él no habría otro. Sin embargo, me regalaron uno nuevo. Era amarillo y recuerdo que por las noches yo lloraba en la cama porque, por más que me esforzara, no podía quererlo. Le pedía disculpas por dejarlo sentado en la silla frente a la cama, pero «es que no puedo». Alguna vez me levanté y entorné un poco más la puerta del dormitorio para no verlo allí, solo, no querido, aunque eso supusiera que las figuras que me aterrorizaban por las noches pudieran entonces campar a sus anchas alimentadas por la penumbra y mi miopía todavía no descubierta.

Por supuesto, me apena no saber cómo era la cara de mi osito, el osito. Pero era cabezón y paticorto. Estoy segura de que sonreía.

Cuando tendría diez u once años, me propuse escribir una especie de diario para que mi padre, que era viajante comercial y pasaba semanas fuera de casa, supiera cómo era mi vida mientras él estaba de viaje. Quería retratarlo todo con palabras, lograr una imagen tan ajustada a la realidad que él tuviera la impresión de haber estado presente; quería que lo «viera».

Con el afán de captar todos los detalles de las actividades cotidianas, empecé a fragmentarlas en partes, que a su vez dividía en porciones más pequeñas... Pronto me desbordó cuánto cabía dentro del simple verbo «desayunar». Abrir el bote de cacao para preparar un vaso de leche con Cola-Cao implicaba no solo una compleja sucesión de movimientos, sino también dos manos, peor aún, diez dedos, disciplinados pero independientes y, encima, articulados, que ejecutaban a la vez acciones diferentes.

Hasta que llegué a un punto en que me di cuenta de que, paradójicamente, cuanto más escribía, menos sentido tenía todo. Si seguía dividiendo la realidad en partes más pequeñas, pasaría de la anatomía a la biología celular, después a la química orgánica, y alcanzaría el territorio de la física nuclear. Vértigo.

Un vértigo similar al que experimenté al descubrir la arbitrariedad del lenguaje o la inexistencia de Dios. Por suerte, años después, Cortázar me ayudó a reírme de mi aprensión con sus instrucciones. De ellas, mis favoritas son las «Instrucciones para subir una escalera», porque comparten el carácter prosaico de las acciones que lo causaron.

Supongo que, cuando mi padre regresó de ese viaje, me conformé con contarle que «por las mañanas me tomo un vaso de leche con Cola-Cao», y que él, pésimo actor, simularía atender, aunque trasluciera su poco interés por tales minucias. Me hubiera gustado ver qué cara habría puesto si llego a leerle el relato pormenorizado del movimiento de los diez dedos para abrir el bote de cacao.

Gracias al diario fallido, tomé conciencia de la imposibilidad de la descripción absoluta. Puede parecer obvio. Pero también los hay que tienen que meter un tenedor en el enchufe para experimentar en su propia piel la conductividad de los metales, o echarle un trago al champú con olor a fresa para descubrir que la química conoce maneras de romper la alianza entre el gusto y el olfato. Yo precisé mi propio fracaso para llegar a la conclusión de que la memoria total es imposible.

El siguiente paso, después de los largos años de la infancia inmersa en un mundo inabarcable e ininteligible, fue comprender que seguiría siendo así. Y que no, que los adultos tampoco tenían las claves para entenderlo, lo que implicaba que, contra toda sospecha, no habían estado ocultándonoslas, hasta que llegara el momento de pasarnos el manual de instrucciones.

Recuerdo haber sido objeto de una suspicacia similar cuando daba clases de español como lengua extranjera y percibía que algunos alumnos me miraban con escepticismo cuando les explicaba que no existen reglas unívocas para el uso de los tiempos verbales del pasado o del subjuntivo. Me escrutaban escamados, como si imaginaran una conjura de profesores de lengua que, en cónclaves secretos celebrados en hondas catacumbas, juraban no dar jamás las claves del idioma. Esas miradas de recelo hacían que una profesión apasionante pero gris adquiriera cierto halo de misterio.

Si el diario fracasado supuso un golpe duro para el anhelo completista infantil, la mala vista me obligó a aceptar que el mundo no solo era inabarcable, sino que estaba bastante desenfocado.

De lejos, para mí todo es borroso, tengo que acercarme mucho para ver bien las cosas. Así que a la miopía le debo también mi amor por los detalles. Pero tienen que ser pocos. No solo cuando escribo, sino también cuando leo. Porque leo como veo y las acumulaciones me parecen confusas, me emborronan aún más el mundo. El exceso no solo me ciega, también me tapona la nariz, me ensordece, me quema la lengua y me deja la piel insensible.

Recuerdo todavía el ejemplo de descripción física de una persona que aparecía en el libro de lengua y literatura de la escuela. Empezaba por el pelo y terminaba en los pies. Todas las características que el texto se esforzaba tanto en describirme se borraban a la misma velocidad con que aparecían. Como un grupo de actores de teatro vanidosos, los adjetivos salían al escenario a saludar y reclamaban la atención del público barriéndose los unos a los otros. Ondulado, cetrino, aguileño, carnoso, afilado, estrecho, huesudo, largo, fino, torcido, ancho... competían por entrar en mi mente y crear una imagen, pero no me daban tiempo. Apenas habían leído el adjetivo «espeso», asomaba «abultado», le daba una patada a su predecesor y lo echaba. Y en cuanto «abultado» acababa de aparecer, salía a escena el próximo adjetivo y le hacía lo mismo. Al final del texto, todo lo que recordaba era que esa persona tenía cabeza, cuello, tronco, brazos, manos, piernas y pies, es decir, que en mi imaginación se había dibujado una figura con los mismos atributos que un monigote de papel.

La filóloga que soy analizaría ese desastre literario y comunicativo explicando que, desde el punto de vista de la teoría de la relevancia, el esfuerzo del tratamiento del mensaje no compensaba el efecto que producía, y que fallaba ya de entrada por la relación entre la enunciación y el contexto. Lo que trasladado a la lectora que era en ese momento viene a decir que no vi el «para qué», la razón por la cual era necesario hacer el esfuerzo de retener tal catarata de adjetivos para imaginarme a una persona que no me interesaba en absoluto. Una persona que me había salido al paso en el más bien árido contexto de una lección sobre las «Figuras retóricas». Lo que sí me aprendí, en cambio, fue que ese inane ejercicio de descripción se llamaba «prosopografía». La prosopografía y su hermana la etopeya saldrían en el examen, y eso sí que era relevante. Con la certeza de que es la primera vez que las he vuelto a usar fuera del ámbito escolar o académico, las saludo aquí a ambas antes de que regresen al cajón mental del léxico fardón, al fondo a la derecha, con otras compañeras durmientes que, de momento, siguen aletargadas; ya veremos qué sucede en las páginas siguientes.

Durante los estudios de filología hispánica subrayaba en rojo en el *Diccionario de términos filológicos* de Lázaro Carreter todos aquellos que se suponía que ya conocía. No conservo el libro, seguramente cayó en alguna de las mudanzas. Mejor así. Mejor no saber cuántos de ellos he olvidado. Sin embargo, me habría gustado comprobar si el lápiz que usé hace tantos años seguía siendo rojo o los pigmentos ya se habían difuminado como mi recuerdo del léxico adquirido con tanto esfuerzo.

Cuando escribo, completo lo que no recuerdo, como la cara de mi osito, la voz de los clientes del bar de mis padres, con los que seguramente aprendí las primeras palabras en español, o el sabor de la vacuna que se escondía dentro de un azucarillo con el que mi madre me persiguió por todo el bar hasta acorralarme detrás de la barra. Cuando escribo, me invento lo que no vi o lo que vi solo de manera parcial, borrosa. Gracias a unos ojos bastante defectuosos, tengo mucha práctica en rellenar vacíos de información.

Quizás por eso no comparto el pesimismo de Martin Amis cuando escribe que «Hemos dejado de cortejar la dificultad en parte porque la relación lector-escritor no es ya siquiera remotamente cooperativa. Hagas lo que hagas, no esperes que el lector *infiera* nada», y solo unas líneas más tarde afirma que el narrador poco fiable ha dejado paso al lector poco fiable.

Yo confío en los lectores, incluso cuando me llevan la contraria. Cuando, por más que crea que todos ven rubia a la comisaria Cornelia Weber-Tejedor, ya que en un par de ocasiones se dice de manera explícita en las novelas, muchos lectores la prefieran morena. Si, por ejemplo, en un club de lectura, se me ocurre afirmar lo contrario, me miran con expresión de ¿qué vas a saber tú de cómo es «mi» Cornelia? Un posesivo que me hace muy feliz.

Basta muy poco para imaginar. Basta con una nariz chata o prominente apareciendo en el campo visual de otro personaje. El viento o una mano revolviendo un cabello rizado. La uña larga del meñique que se mete en la oreja. Las piernas zambas dibujando una «o» al caminar. La falda oscura que cubre unas piernas cansadas. Poco más se necesita. La mente pondrá lo que falta, porque está hecha o, si preferimos decirlo así, programada para ello.

El cerebro suele completar los huecos con el material más probable según la experiencia, pero a veces, antes que asumir la existencia del agujero, se deja arrastrar por el *horror vacui* y rellena los espacios vacíos con lo primero que encuentra. Recuerdo, por ejemplo, una ocasión en la que iba caminando por la calle y oí un sonido rítmico y ligero que se acercaba por el suelo a mi espalda. Poco después, algo pequeño de color ocre apareció en mi campo visual por la izquierda. Era un perrito.

Bien, fue un perrito hasta que una gran hoja seca de platanera arrastrada por el viento acabó de adelantarme. Pero yo había «visto» un perro pequeño, había distinguido la cabeza, el hocico, las orejas puntiagudas, el pelo marrón, las patitas...

Mi cerebro ha aprendido a completar el mundo que veo tan mal y hace esto constantemente. ¿O debería decir «me hace» esto?

Porque hay temporadas en que se aparta del camino de las hipótesis lógicas o, cuando menos, basadas en experiencias comunes (el perrito entraría en esta categoría), y empieza a revolver en los archivos de la afectividad, abriendo, a saber por qué, aquellos en los que se guardan miedos antiguos.

Uno es el temor de encontrarme con un animal herido y no poder hacer nada por él. Como con los pájaros recién nacidos caídos de un nido que vi en una ocasión camino de la escuela. Una mujer, al verme paralizada por la consternación, me dijo que no se podía hacer nada, que esas cosas pasaban, me empujó un poco y me encaminó hacia el colegio. Pasé toda la mañana queriendo volver al lugar para rescatarlos, pero las puertas del centro estaban cerradas. Al mediodía, los polluelos ya no estaban.

Cuando percibo pequeños bultos en la calle, siempre veo animales muertos. Nunca, casi nunca, son animales muertos. Son envoltorios, papeles, pañuelos, desde hace un tiempo mascarillas. Pero antes de distinguirlos, mi cerebro me ha hecho ver un gato malherido o una paloma moribunda, aunque lo único que he visto en Barcelona son los restos de alguna paloma aplastada en la calzada. Es decir, que lo que fuera ya pasó y habría sucedido aunque yo hubiera estado presente, de modo que solo me queda agradecer no haber estado allí en el momento en que la paloma no se apartó cuando llegó el vehículo, y así no haber tenido que ver cómo la rueda la aplastaba dando un suave botecito, mientras sonaba el acorde de tres quebraduras simultáneas, plumas, carne, huesos, que la paloma seguramente ni llegaría a oír, pero sí quien estuviera presente. Y que tal vez ustedes estén oyendo en este instante.

Monstruos en el dormitorio, animales muertos o heridos, sombras entrando o saliendo de las habitaciones. Las diferentes casas en las que viví durante mi infancia y adolescencia se aliaron con la miopía para llenarse de visiones. Fueron tres. La primera y la tercera no solo tenían muchas habitaciones, sino también pasillos largos y mal iluminados. La segunda era un piso moderno, tal vez por ello me dejó poca huella. En ese piso, además, no convivimos con nuestros abuelos, como en las otras dos.

La primera casa era el piso de los abuelos maternos, justo encima del bar de la familia. Era un piso alargado, oscuro de día y lúgubre de noche porque para ahorrar mi abuelo desenroscaba algunas bombillas de la lámpara del comedor. El pasillo no solo era muy largo, sino que incluso había un recodo.

La tercera casa era la de los abuelos paternos. Tenía dos pisos, es decir, dos pasillos, y, además, la escalera que subía al primer piso estaba muy mal iluminada. En esa casa convivimos durante años cuatro generaciones de la familia, más todas las sombras. No solo las veía yo, a veces alguno de los gatos que dormitaban en el comedor levantaba súbitamente la cabeza y se quedaba con los ojos fijos en el pasillo, observándolas y siguiéndolas con la mirada, hasta que se aburría y volvía a cerrar los ojos, dejándome sola. A mi hermano, que por las noches se quedaba conmigo abajo viendo la tele mientras el resto de la familia dormía en el piso superior, nunca le dije nada. Como todas las personas a las que les encanta dar sustos a los demás, mi hermano era muy impresionable.

Por eso, tampoco le conté que cuando subía al primer piso y cerraba la puerta de la escalera, veía delante de su cuarto la silueta de un hombre con sombrero que apoyaba la espalda en la pared del pasillo. Era una silueta oscura, como hecha de humo de chimenea o de incendio. El hombre daba una calada a un cigarrillo y entonces el cigarrillo lo absorbía y hacía que se esfumase. No existía, era solo una visión. Pero yo esperaba a que desapareciera antes de dar un paso. Lo que más me asustaba era que se volviera hacia mí y me mirase. No quería verle la cara. La sombra se interpuso en mi camino durante unos meses y, sin saber por qué había venido ni por qué había dejado de hacerlo, un día dejé de verla.

Ninguna de mis casas propias ha tenido pasillos, pero eso no evita que, a veces, las sombras reaparezcan. Así fue durante unas semanas en mi último piso en Frankfurt. En cuanto abría la puerta, de la habitación que quedaba justo enfrente surgía una figura humana abriendo una enorme boca negra como si quisiera gritarme o morderme al llegar a mi lado. Para evitar encontrarme con ella, dejaba cerrada la puerta de la habitación de la que surgía, de modo que al entrar en casa no me topaba con un hueco oscuro, pero no sirvió de nada. No eran, como pasaba con las figuras que veía en el dormitorio de mi infancia, un producto de mi mala vista, sino que se trataba de imágenes que se habían quedado grabadas, como secuelas de una enfermedad mal curada, una cepa de bacterias del miedo alojadas en algún pliegue de la memoria que se tornan virulentas sin que nunca haya logrado entender por qué se despiertan. Están mejor hibernando, como esas colonias de microbios prehistóricos que dicen que acabarán con nosotros si algún día se deshiela la Antártida.

Soy tan consciente de que veo cosas que no están, como de que hay muchas que sí están, pero no veo. A no ser que las escriba. Escribir es mi modo de hacer visible el universo.

Quizás por eso siempre he sentido una gran fascinación y simpatía por Johannes Kepler, el astrónomo alemán que no podía ver las estrellas porque tenía graves problemas de vista, pero fue capaz de romper con el modelo platónico del universo, con las órbitas circulares, perfectas, ideales, que se había impuesto durante siglos. Kepler, a pesar de haber seguido al principio el modelo de la armonía de las esferas, entendió, cuando por fin tuvo a su disposición los datos empíricos recopilados por Tycho Brahe, que los malabarismos que hacían los astrónomos para encajar los extraños movimientos retrógrados de Marte dentro de una órbita circular eran innecesarios si la órbita era elíptica. Por más que resolviera el problema, por más que resultara ser cierta, elaborar esta teoría tuvo que ser doloroso, porque suponía abandonar la imagen de un mundo perfecto, esférico. Abandonar el mundo ideal para describir el mundo real. Recuerdo con qué fascinación leí la parte de *Los sonámbulos* que Arthur Koestler dedicó a Kepler y cómo me decepcionó el tratamiento que le dio John Banville a su figura. Es el protagonista del único relato de mi juventud que no he destruido, se titula «Un amigo de Kepler», y le debe tanto a estas lecturas como a una noche en la que el abuso del anís me hizo tomar conciencia del movimiento de rotación de la Tierra. Literalmente, porque sentí el vértigo de viajar por el espacio en una bola giratoria. Nunca más he vuelto a tomar ni un sorbo de anís. Mi cuerpo guarda un mal recuerdo y mi mente no tiene interés en experimentar el movimiento de traslación del planeta, en saber qué se siente trazando elipses por el espacio. Me basta con la perenne admiración por quien, sin verlos, llegó a entender los movimientos de los astros.

Lo poco que yo entiendo del mundo lo entiendo cuando escribo.

3
De gente debajo de la cama

A los trece años me lancé a la lectura apasionada de historias fantásticas, de terror, de Poe, Stevenson, Bécquer, Maupassant, y varios autores británicos que aparecían en antologías del género, cuyos nombres he olvidado. Las leía de noche, por supuesto. Mientras me hundía página a página en la cama hasta que apenas asomaban las manos de la colcha disfrutaba el extraño placer del miedo real (el miedo siempre lo es) causado por la ficción. Terminaba el relato, cerraba el libro, lo dejaba en la mesilla, apagaba la luz, metía rápidamente la mano debajo de las sábanas y disfrutaba de los últimos segundos en vela cubierta hasta la barbilla en la acogedora seguridad de la colcha; porque nada te puede pasar si te cubre una colcha, sobre todo si se trata de una pesada colcha de ganchillo hecha por tu abuela María, formada por muchos pequeños caparazones de tortuga.

Los miedos se alimentaban de lecturas y también de alguna película de terror a destiempo, como *Nos-*

feratu, que vi por despiste de mis padres, que debieron de pensar que todas las películas de cine mudo que emitían por televisión eran cómicas y, al pasar por delante del televisor, no se fijaron en que, al contrario que en las películas del Gordo y el Flaco, de Chaplin o de Harold Lloyd, donde todos se movían con cierta aceleración, en la película que me tenía clavada en el sillón, los personajes se desplazaban con una inquietante morosidad.

Además, estaban Isabelita y su hermano Agustín, mis vecinos en la primera casa. Solo había que saltar a su patio y ahí estaban ellos dos para proporcionarnos material con el que poblar aún más los cuartos, pasillos y escaleras oscuros.

Ellos y su casa reunían todas las cualidades para asustarnos. Isabelita más que delgada era flaca, con unos brazos muy largos que al caminar le colgaban lacios como los de una marioneta sin hilos. Agustín cultivaba una mirada aviesa, quizás los primeros signos de la misma enfermedad mental de su tío, que vivía semioculto en la planta baja de la casa. Aunque a veces subía por una escalera de piedra que comunicaba su patio, hondo y oscuro, con el de su familia. Ascendía sin hacer ruido, muy despacio, como si cada escalón le costara. En algún momento, se veía emerger la parte de arriba de su cabeza calva, después la cabeza entera, un trozo más... Todo muy lentamente. Hasta que llegaba arriba y, siempre despacio, se acercaba al muro que separaba nuestros patios, se acodaba allí y me preguntaba qué estaba haciendo. Por lo general estaba pintando alguna de las mantelerías de papel que me encargaba mi madre, de modo que en cuanto le había respondido, me decía que muy bien y se marchaba con la misma parsimonia que había llegado. Ahora creo que entendía y respetaba la seriedad de mi absurda y algo maníaca tarea.

En cambio, de los padres de Isabelita y Agustín yo huía en cuanto los veía aparecer. Ambos tenían voces muy desagradables.

La de la madre era muy aguda, como la de la Reina de la Noche de *La flauta mágica,* pero sin melodía, y hablaba muy rápido mientras te clavaba sus ojos de ave sin párpados. Cuando me veía en el patio, la voz me perseguía, incluso cuando ya me había metido en casa, ametrallándome con mi nombre: «María Rosa, María Rosa, María Rosa».

El padre tenía una voz metálica, como si hablase desde un megáfono que le hubieran incrustado en la garganta. Mi madre me dijo que se debía a que era de Burgos. Mi madre tenía el don de tranquilizarnos con las explicaciones más absurdas.

Sin embargo, no recuerdo que hubiera un antídoto para las obras de teatro de los dos hermanos.

Cuando tenían lista una nueva historia de terror para nosotros, Agustín nos invitaba a saltar el muro entre nuestros patios y nos conducía al cobertizo al final del suyo. Nos hacía sentar en tres sillas, de espaldas a la puerta. Entonces, nos leía un texto con el que quería darnos mucho miedo, lleno de palabras supuestamente terroríficas, es decir, de «sangre» y esdrújulas. Estas últimas tenían su efecto, pero no el que él imaginaba. La cadencia de las esdrújulas ralentizaba el tiempo y aumentaba la tensión de la espera de lo verdaderamente aterrador: ¿por dónde iba a aparecer esta vez Isabelita? En eso consistía el terror, no en el pesado texto que declamaba Agustín, sino en saber que ella estaba escondida en algún rincón de ese cobertizo oscuro y lleno de trastos, esperando el momento para salir de golpe dando alaridos.

En la entrevista que le hizo François Truffaut a Alfred Hitchcock, este explicó los mecanismos del suspense con su teoría de la bomba escondida debajo de la mesa en la que dos personas están conversando: «La bomba está debajo de la mesa y el público lo sabe, probablemente porque ha visto que el anarquista la ponía. El público sabe que la bomba estallará a la una y sabe que es la una menos cuarto (hay un reloj en el decorado); la misma conversación anodina se vuelve de repente muy interesante porque el público participa en la escena».

Esto lo sabían de sobra los dos hermanos. En su sadismo, dominaban los mecanismos del suspense y la tensión, aunque no hubieran sabido explicitarlo.

Si los escritores nos construimos a partir de los relatos leídos, también nos nutrimos de los relatos vividos, de la teoría narrativa aplicada, e Isabelita y Agustín fueron maestros del suspense.

Lo que Isabelita y Agustín fueron en la primera casa, lo fue la escalera en la tercera. Esta tenía (y tiene) dos plantas, es decir, dos pasillos. Las bombillas eran más potentes que en la primera, pero estaban mal ubicadas y creaban inquietantes zonas de sombras. La escalera que subía a la planta en la que estaban los dormitorios tenía dos tramos en ángulo recto. El reto era llegar al rellano, superar los primeros escalones en una oscuridad casi total porque solo había una bombilla justo al final del tramo largo, cuya luz apenas llegaba al pie de la escalera.

Por las noches, mi hermano y yo, malos dormidores, nos quedábamos viendo la tele en la galería de la planta baja, mientras toda la familia dormía en el piso superior. Para ver mejor, apagábamos la lámpara, de modo que la única fuente de luz era la pantalla. Alrededor, todo eran oscuridades: la que entraba del jardín a través de los grandes ventanales de la galería a un lado, la que quedaba detrás de la puerta de la cocina a nuestra espalda, la del comedor de los domingos al otro lado, y, pasado el comedor, la oscuridad del pasillo y de las habitaciones que lo flanqueaban, hasta llegar a un recibidor, al fondo, absurdamente grande y vacío. Las distintas oscuridades nos rodeaban, pero la luz y las voces de la tele las mantenían a raya, como la hoguera que atrae y a la vez aleja a los animales salvajes en la selva.

Cuando la película terminaba, empezaba nuestra historia de terror cotidiana. Al apagar la tele, aunque habíamos encendido la lámpara, sentíamos que las oscuridades se volvían espesas, palpables. Para poder subir a la zona segura, primero teníamos que cerrar unas enormes puertas correderas que separaban la galería y el jardín del resto de la casa. Dos hojas por lado, una de cristal con líneas horizontales esmeriladas que siempre encontré muy bellas, y otra de madera. Tras unirlas, se aseguraban con un pestillo y dos barras de metal que se introducían en unos agujeros laterales. Una vez cerrado el acceso a la galería, nos encontrábamos en el comedor de los domingos a merced del otro lado de la casa. Para no quedarnos por completo a oscuras, el que no ponía el pestillo había encendido la luz. Tocaba ahora apagarla de nuevo y el único interruptor estaba en la boca del oscuro pasillo, así que debíamos enfrentarnos al tenebroso recibidor al fondo y a tres habitaciones que, si ya eran amenazantes con las puertas cerradas, con las puertas abiertas eran directamente terroríficas. Siempre lo hacíamos por riguroso turno. Uno le daba al interruptor, el otro se quedaba al pie de la escalera, dispuesto a la carrera. Había un pacto que no se podía romper: el que estaba en la escalera tenía que esperar sin dar un solo paso.

En cuanto nos quedábamos a oscuras, los fantasmas, enfurecidos porque hubiéramos burlado a sus hermanos detrás de las puertas correderas, salían raudos de cada una de las habitaciones.

Entre ellos estaba la enfermera asesina. Es curioso que, habiendo leído a Poe, Stevenson, Bécquer, Maupassant y esos autores británicos cuyos nombres tampoco ahora recuerdo, la imagen más terrorífica, el fantasma de una enfermera de guerra que seguía a sus víctimas y les apretaba el cuello por la espalda, hubiera surgido de un texto intrascendente, una lectura escolar con historias de fantasmas en inglés, de nivel elemental, es decir, con un léxico de seiscientas palabras. Suficientes. Lo que en clase fue parte de un ejercicio de lectura y vocabulario en inglés, se convirtió en una aparición espeluznante en mi casa.

No sé por qué razón (los miedos tienen sus propias reglas), la enfermera fantasma solo podía atacar entre el interruptor y la escalera. No podía subir escalones. Una vez superado el fatídico tramo, nunca miraba al lado o atrás; temía descubrir que estaba allí, ver el resplandor de su uniforme blanco, ver cómo me seguía con la mirada, mientras bajaba las manos con las que una vez más no había podido apretarme el cuello y las dejaba caer en el regazo.

Mañana, mañana.

Hace poco conté los escalones del primer tramo y constaté que eran solo seis. Si cierro los ojos y me recuerdo subiéndolos atropelladamente junto a mi hermano, torpes como cómicos de cine mudo, se multiplican por tres.

Los miedos son tan poderosos que no desaparecen nunca del todo, solo se transforman. Algunos, aunque parezcan infantiles, siempre nos acompañan.

Lo comprobé una vez más cuando estuve invitada a participar en la Feria del Libro de Tomares y me alojaron en el hotel Inglaterra de Sevilla, en una habitación más grande que mi piso. La cama era también enorme. Y alta. Con las patas cubiertas por una cortinilla, como una faldita. Tras un largo viaje en tren llegué, por suerte, muy fatigada, ya que, de no haber estado tan cansada, esa cama me habría dado mucho miedo.

A la mañana siguiente ni se me ocurrió levantar la faldita y mirar. Si lo que hubiera ahí debajo no se había manifestado en toda la noche, había que respetarlo.

En Tomares se lo conté a Beatriz y Javi, dos miembros de la organización de la feria, y saltó la pregunta:

—¿Qué es lo peor que te puedes encontrar debajo de la cama?

—Un muerto.

—Un payaso.

—Un niño.

Un niño muerto disfrazado de payaso que me acompaña de hotel en hotel desde ese día. Pero únicamente en los hoteles, porque debajo de mi propia cama solo hay lugar para Isabel, la costurera.

En las tres casas en las que viví durante la infancia y la adolescencia compartí dormitorio con mi hermana menor.

En la primera casa, la de los abuelos maternos, dormíamos en camas paralelas con una mesita de noche en medio. La de mi hermana era la cama más próxima a la puerta, siempre algo entornada para que entrase un poco de luz del pasillo.

Una noche, ella se despertó y, al moverse, su mano debió de proyectar una sombra en la pared. «¡La mano negra! ¡La mano negra!», empezó a gritar y seguramente yo la secundé. Mi madre apareció enseguida en la habitación, encendió la luz y preguntó qué sucedía. Mi hermana le aseguró que había visto la mano negra que salía de debajo de la cama. Cualquiera esperaría que la explicación de mi madre hubiera sido que se trataba de la sombra de su propia mano... Pero mi madre optó por otra. Nos dijo que no teníamos que preocuparnos:

—Era Isabel, que estaba buscando el dedal que se le ha perdido.

Isabel era una amiga costurera de mi madre, con cuyas hijas solíamos jugar porque vivíamos en el mismo barrio.

—Pero ya lo ha encontrado.

No hizo falta nada más. Si Isabel ya había encontrado el dedal, podíamos dormir tranquilas. Y lo hicimos. Sin preguntarnos qué hacía Isabel buscando el dedal debajo de la cama de mi hermana a esas horas de la noche. Ni siquiera preguntándonos cómo había llegado hasta allí el dedal de Isabel. Lo había dicho nuestra madre como si fuera algo natural, y eso bastaba para que no tuviéramos en cuenta lo inverosímil de la explicación y prefiriéramos creérnosla.

Años después supe que esto se llamaba «suspensión de la incredulidad». De modo que esa noche recibí una clase magistral sobre cómo funciona la relación entre el autor y el lector. Sobre el pacto ficcional.

Un pacto que también hemos firmado con nuestros padres. Abandonar la niñez es cuestionarlo; empiezan las dudas, las preguntas insidiosas, los desengaños, las reformulaciones.

Aun así, no perdemos nuestra disposición natural a jugar al juego de la ficción, el juego del fingimiento, como lo llamaba Umberto Eco, y seguiremos al autor adonde nos lleve mientras sea honesto con nosotros.

Pero desde que mi propia escritura me ha llevado a una aproximación más analítica a los textos, me cuesta más. La lectura ha perdido la inocencia porque percibo más los mecanismos narrativos. Salgo del relato cuando llego a un pasaje que me admira y, por lo tanto, tengo que anotar y comentar aparte. También cuando me topo con trucos baratos. O con personajes acartonados, que me evocan el desagrado que me causan los títeres y las marionetas con sus torpes movimientos. Una especie de fobia innata, puesto que recuerdo que, cuando era muy pequeña, ya me irritaban los muñequitos de Herta Frankel en la televisión. Desde siempre he odiado verles los hilos a los personajes. Con todo, me esfuerzo en volver, no acepto la expulsión, por lo menos no a la primera; quiero seguir, quiero dejarme llevar, recuperar la felicidad de perder la conciencia de estar leyendo, de estar pasando la vista por líneas impresas en un papel, de estar girando páginas, y entrar dentro del mundo de la narración. A veces cuesta, pero lo consigo.

Aunque se ha vuelto tremendamente difícil cuando leo libros de escritores que son, además, amigos. Dorothy Gallagher en *Extraños en la casa* se refiere así a esta dificultad: «Cuando lees algo bueno, llega un momento en que se diluye la experiencia física de estar mirando algo impreso y la obra se adueña de ti: te metes de lleno en la aventura. Sin embargo, leer el trabajo de un amigo jamás podrá brindar esa experiencia. Da igual lo buena que sea la obra, es imposible suspender del todo la incredulidad. Conoces demasiado bien la voz, sabes de dónde proceden tanto los personajes como los hechos».

Sé que lo mismo les sucede a mis amigos al leerme. Sé que ellos son los únicos que ven lo que para otros es invisible. Sé que al llegar justo a estas líneas están sonriendo.

4
De piratas, ovejas muertas y marcianos

No soy bibliófila, someto la biblioteca a purgas regulares y he aprovechado las mudanzas para desprenderme de muchos libros, pero hay unos que conservo como tesoros, los libros que rescataría de mi casa ardiendo.

También he empezado a coleccionar ejemplares en diferentes lenguas de un libro que ha resultado ser el libro de mi vida, mejor dicho, de mi nacimiento. Aunque de eso me enteré hace poco; cuando lo leí por primera vez en la traducción al catalán, no tenía ni idea.

Todos sabemos que no hay nada más cierto que las leyendas familiares, esas historias que se cuentan una y otra vez y se transforman hasta que todas las piezas encajan. Una de ellas es la que explica por qué nací a una hora más bien rara para una cesárea: las cuatro de la madrugada del 28 de abril de 1963. Fue por ese libro, el libro de mi vida.

Nací a los diez meses de gestación. Un poco más y no lo hago.

El médico del Prat que se ocupaba del embarazo de mi madre no la creía cuando ella le aseguraba que llevaba más de nueve meses encinta. Tras una de las revisiones en las que la mandó de nuevo a casa, ella se encontró por la calle con una amiga a la que le contó lo desesperada que estaba. La amiga, que era de una familia acomodada, la envió a su médico en Barcelona. Este joven médico sí que le hizo caso, y trató de provocarle el parto. Mientras esperaba a que empezaran las contracciones, el médico cogió un libro y se sentó a leer al lado de la cama de mi madre. Aunque se trataba de una buena clínica en la parte alta de Barcelona, yo me imagino la escena en un hospital grisáceo, posguérrico, porque mi relato necesita una habitación pequeña y una cama estrecha, para que la barriga de mi madre se vea más prominente debajo de la sábana, mientras el joven doctor Joan Esteban lee y aguarda en vano a que mi madre tenga contracciones.

Ella, tumbada en la cama; él, leyendo mientras pasan las horas. Hasta que ya de madrugada, el doctor termina el libro —aquí hay que imaginarse el sonido del choque de las tapas al cerrarse— y ordena que mi madre pase al quirófano. El libro era *El Gatopardo*, de Giuseppe Tomasi di Lampedusa. Con Tolstói habría nacido por la mañana y Proust me podría haber costado la vida.

28 de abril de 1963 a las cuatro de la madrugada.

Muchos años más tarde llegué a conocer al doctor. Un hombre del que recuerdo su intensa mirada picassiana, sobre todo porque, cada vez que en casa lo nombraban, mi madre repetía que tenía los ojos como Picasso. También recuerdo que me dijo: «Yo fui el primero que te vio en este mundo».

Y el que me hizo nacer en domingo. En Alemania se dice que los niños nacidos en domingo, los *Sonntagskinder,* son especialmente afortunados en la vida, de modo que no me regaló solo un libro.

Quien desde luego no nació en domingo fue Emilio Salgari, autor de mi libro de aventuras favorito, *El Corsario Negro.* Salgari se inventó su propia biografía aventurera, pero se desconoce que hiciera más viajes aparte de uno por el Adriático. Todos los lugares sobre los que escribió, la Malasia de Sandokán, el Lejano Oeste, Oceanía, África, los dos polos, la India, China (mejor dicho, la China, porque los países con artículo son siempre mejores para las aventuras), no los pisó jamás. Tampoco conoció el Caribe de *El Corsario Negro.*

Conservo mi ejemplar de la Editorial Molino. Lo encontré en una cómoda que estaba en el cuartito al lado del lavadero al final del jardín, el cuartito que después convertí en un laboratorio para ser una «gran científica». Ya les contaré. Había más libros, supongo que de mi padre. Varios de Julio Verne, entre ellos, dos de mis preferidos, *20.000 leguas de viaje submarino* y *La vuelta al mundo en ochenta días*. El segundo no lo conservo. Seguramente lo presté.

Mi viejo ejemplar de *El Corsario Negro* tiene las tapas pegajosas porque, en mi afán por preservarlo de todos los peligros, lo forré con plástico adhesivo transparente, como hacíamos con los libros escolares que pasaban de hermano a hermano, y con los años el pegamento ha supurado.

En la mudanza a Barcelona lo metí en la maleta de cabina con las viejas fotos de familia de las que ya no existen los negativos. Objetos irrecuperables que no quería arriesgarme a meter en cajas que pasarían de un almacén a otro y de un camión de mudanzas a otro para cruzar media Europa.

Los libros de Julio Verne sí que viajaron en las cajas de la mudanza. Bien acolchados con bufandas y pañuelos que se impregnaron del inconfundible olor a libro viejo. Pero no creo que esto hubiera molestado al autor, mucho más viajado y recio que el pobre Salgari, cuya vida fue más un oscuro drama social que una colorida novela de aventuras.

Pero si vemos la tumba de Verne en Amiens, con la tremenda estatua del escritor rompiendo la lápida y sacando medio cuerpo musculoso de la tierra, nos lo podemos imaginar todavía viajando por el mundo.

Incluso como zombi, Verne tendría más vida que Salgari, perennemente acosado por las deudas (fue en realidad un escritor muy exitoso, pero los contratos con sus editores lo mantuvieron al borde de la miseria) y los dramas familiares, hasta que acabó haciéndose el harakiri en una colina cerca de Turín tras dejar una nota a sus editores en la que les pedía que, ya que se habían enriquecido a su costa, por lo menos asumieran los gastos de su entierro.

Todo esto lo ignoraba cuando lo leía; que los autores tuvieran una vida fuera de los libros me resultaba indiferente. Lo que importaba eran sus mundos de ficción. Qué más daba que Salgari hubiera escrito en la buhardilla de su casa o en la bodega de un barco pirata, si yo lo leía en mi cuarto tumbada en la cama sobre una colcha oscura y, a las pocas líneas, colcha, cama y habitación desaparecían. Se esfumaban la casa con todos sus habitantes, el barrio, la ciudad..., mientras navegaba con el Corsario Negro hacia Maracaibo buscando vengar la muerte de mis hermanos, el Corsario Verde y el Corsario Rojo. Sigo recordando el estremecimiento que sentía cuando, por la noche, los fantasmas de los hermanos muertos emergían, amortajados y fosforescentes, de las aguas negras para reclamar la deuda de venganza.

Pero escribo estos nombres y en mi cabeza resuena también la carcajada de mi marido cuando le conté el argumento del libro. Al inicio de mi relato todo iba bien: un Corsario Negro buscando venganza es un argumento impecable; que quiera vengar la muerte de su hermano el Corsario Rojo, un motivo muy respetable. Pero ¿el otro hermano muerto se llamaba el Corsario Verde? Ahí se hundió el relato. ¿Verde? Al instante visualicé a los hermanos asesinados con sendos pañuelitos al cuello, uno rojo y otro verde. Mi libro estaba en peligro. Tuve que jugar fuerte y contarle el final del libro, la desgraciada historia de amor con la hija de su archienemigo, para evitar que la imaginación me jugara una mala pasada y el cuerpo amortajado del Corsario Verde acabase convertido en el cadáver de la rana Gustavo. Lo salvé, un final conmovedor lo arregla todo.

Toda persona sensata sabe que no hay que volver a leer los libros que nos apasionaron en la infancia o en la juventud, ni ver las películas que adoramos. También mi marido pasó por la experiencia. Cuando eran pequeños, en su casa no tenían televisor. Por las tardes, su padre les leía durante horas, a veces hasta quedarse medio afónico. Les leía de todo, desde clásicos hasta novelas de entretenimiento. Entre ellas, un wéstern que era uno de los libros favoritos de su infancia, escrito por un tal Ron Barker, con el sensacional título de *Der Tod ritt dienstags* (La muerte cabalgaba los martes). Encontramos un ejemplar en una librería de segunda mano, con Kirk Douglas en la portada, y nos lo llevamos como lectura para un viaje. Como su padre se lo había leído varias veces en voz alta, él quiso leérmelo a mí aprovechando que en uno de los trayectos en tren estábamos solos en el compartimento. A las pocas páginas lo tuvo que dejar, el texto era espantoso. Mientras leía, apenas podía contener la risa porque en los diálogos en los que había tensión entre los personajes, que eran muchos, todos hablan con voz «ronca». Por lo visto, este era el único recurso de su autor. La magia del libro en su recuerdo provenía de la voz de su padre leyéndolo en el comedor de su casa. Buena parte de esa magia se disipó con la voz ronca de los pistoleros. Si le quedó alguna, la perdió por completo cuando años más tarde, recordando esta anécdota, se nos ocurrió buscar más información sobre el autor y descubrimos que Ron Barker era el seudónimo de un tal Rolf Becker, que seguramente sabía tanto del Oeste como Salgari del Caribe. Un nombre alemán puede otorgar glamur o carisma a muchos géneros literarios; no a los wésterns.

La lección está clara: hay que proteger a los ídolos de la infancia. Es una imprudencia quitarles el velo protector a aquellas cosas que entonces amamos tanto. Es mejor guardárselas para una misma, no compartirlas. Con nadie. Ni con los que te quieren bien. Hay amores que no debemos exponer nunca, porque son tan inefables como frágiles. La explicación es demasiado compleja, cualquier intento de formularla acaba sonando trivial o ridículo, y la más mínima burla o el rasguño de una mirada escéptica se convierten en heridas.

Y, aun así, me atreví a volver a leer *El Corsario Negro*, solo que bajo el amparo de una lengua que no domino. En un viaje a Roma encontré *Il Corsaro Nero* en una librería. No lo pude resistir.

No sé si el italiano de Salgari es bueno o miserable, mi competencia en italiano no llega a tanto, pero, concentrada en el trabajoso leer en extranjero, disfruté otra vez de la historia. Tal vez los diálogos fueran grandilocuentes, pero mi magro italiano los hizo grandiosos. Volvió a gustarme. Por supuesto, y con gran placer, lloré de nuevo al leer la frase final: «*Guarda lassù: il Corsaro Nero piange!...*», «Mira allá arriba: el Corsario Negro llora». Y clamé venganza por el Corsario Rojo y el Corsario Verde.

Porque en el libro, y después del libro, yo era el Corsario Negro. Y quien se ha puesto en la piel del Corsario Negro no se inmuta cuando la insultan por la calle porque lleva unas gafas de mil dioptrías. No. Quien es el Corsario Negro (o Miguel Strogoff o el capitán Nemo o Jorge de los Cinco o, si es necesario, todos a la vez) pasa de largo, porque no tiene más objetivo que matar al gobernador Wan Guld, infame asesino de sus hermanos, y no tiene tiempo para tonterías, como que te llamen «monstruo», «fea», «feto», o el clásico «cuatro ojos». Hay una venganza que cumplir, así lo reclaman los cuerpos flotantes del Corsario Rojo y el Corsario Verde.

En la playa del Prat de Llobregat, adonde íbamos a bañarnos en los veranos de mi infancia, no se nos aparecerían nunca los fantasmas de los hermanos del Corsario Negro demandando venganza. La única aparición memorable en la playa del Prat fue la de una oveja muerta flotando en el agua. Se habría caído y ahogado en alguno de los canales que cruzaban los campos aledaños, y el agua la arrastró hasta el mar.

Ese día estábamos los tres hermanos y mi padre en el agua, mientras mi madre tomaba el sol en la arena. Fue mi padre quien la avistó y nos sacó del agua de inmediato. No volvimos a pisar esa playa. Desde entonces fuimos a Castelldefels, una playa en realidad más segura para niños y padres que no saben nadar, porque puedes caminar metros y metros hasta que el agua te llega a las rodillas.

A la oveja no la vi. Pero el lunes siguiente en la escuela conté que, mientras estaba en el agua, había notado el roce de algo duro en la espalda y que, al volverme, descubrí que era la pezuña de una oveja muerta, hinchada, que me miraba con los ojos negros y turbios. Ahora mismo, mientras escribo estas líneas, veo esos ojos que nunca vi, a la vez que siento el roce en la espalda, duro y frío, a pesar de que el agua del Mediterráneo suele estar caliente en agosto. Pero es que los muertos siempre tienen que estar fríos.

La escuela en la que conté mi grandiosa aventura con la oveja muerta estaba a solo una manzana de distancia de mi casa, en la misma calle, la Rambla del Prat. Allí cursé los dos primeros años de primaria. Era el colegio del *senyor* Recasens, aunque tenía un nombre oficial, dos incluso, uno para la parte de las niñas, Academia María Inmaculada, y otro para la de los niños, Academia San Jaime. Había sido una escuela más grande, con niños y niñas en partes diferentes de la casa, pero cuando yo asistí, ya era una escuela muy reducida, en la que compartíamos lados diferentes de un único espacio con la mesa del *senyor* Recasens en medio.

Allí aprendí a escribir.

De allí, tal vez, me venga la afición a los cuadernos, pues para cada materia teníamos un cuaderno específico: para hacer las cuentas en sucio y para pasar las cuentas a limpio, para escribir, para hacer caligrafía (el terror de los zurdos) y para copiar largos textos bíblicos, una actividad con la que nos entretenían los sábados por la mañana. El material escolar se compraba en la propia escuela. Estaba guardado en un armario de madera que también compartía aula con nosotros. Había solo dos modelos de cuadernos, los de tapas azules o los de tapas con estampado de piel de leopardo. Me gustaban más los azules, pero me molestaba que en la tapa pusiera «Cuaderno», como si no fuera evidente. Muchos años más tarde, en Berlín, me acordé de ello al entrar en casa de una alumna a la que daba clases particulares de español y ver que por todas partes había pegado notitas con el nombre de los objetos en español. Me costó reprimir las ganas de cambiárselos de lugar y que acabara llamando «espejo» a la olla.

De la escuela recuerdo que éramos seis o siete niños en mi curso, que era la única niña.

Recuerdo lo mucho que me gustaba jugar en el patio. Y que mi mejor amigo se llamaba Enrique Ibáñez.

Recuerdo las lecciones alrededor de la mesa del maestro, vestido siempre con una impoluta bata blanca.

Recuerdo que teníamos que rezar al principio del día, y, en este recuerdo, cada vez que el maestro dice «la mano derecha arriba» para hacer la señal de la cruz, los tres hermanos Ribas, zurdos todos, levantamos la izquierda, la bajamos de inmediato y después ejecutamos con imprecisión de contrariados tres cruces, una pequeña en la frente, una mediana, que abarcaba todo el rostro, y la grande, de la cabeza al ombligo y de hombro a hombro, como una torpe prosopografía de zurdos. Sí, necesitaba usar la palabra «prosopografía» después de haberla despertado de su letargo. Y puede que no fuéramos los tres hermanos, porque no estoy segura de que mi hermano asistiera a esta escuela, pero se ha colado en el relato y, como para esta historia tres Ribas son mejor que dos, no quiere irse.

Recuerdo que una niña se quedó una vez encerrada en el lavabo y que tardaron en sacarla. Se lo conté a una psicóloga y ella conjeturó que podía tratarse de un trauma del que provenía mi claustrofobia. Por qué había tardado casi veinte años en manifestarse no supo explicármelo. A lo largo de los años he escuchado teorías bastante aventuradas respecto a las causas de mi fobia, entre ellas mi nacimiento a los diez meses.

Recuerdo que una vez con las prisas fui al colegio sin bragas. O quizás no lo recuerde, quizás se trate de una pesadilla fosilizada.

Y recuerdo que durante una semana fui de otro planeta.

No sé de dónde me vino la idea, pero empecé a contarles a mis compañeros que no era de la Tierra, que mi origen era extraterrestre.

La sensación de extrañeza en el mundo es consustancial de la infancia. Hay demasiadas cosas incomprensibles, demasiados silencios ante las preguntas o demasiadas respuestas desconcertantes. La familia también resultaba difícil de entender y en la escuela aprendía mucho, algo muy agradable de por sí, pero tampoco tenía claro por qué motivo lo estaba haciendo. Sumaba, restaba, me peleaba con la libreta de dos rayas para meter dentro las barrigas de las pes y las ges, dibujaba ríos y cordilleras en los mapas..., porque me pedían que lo hiciera. Me sabía todas las provincias con sus capitales, conocía ya nombres de reyes y emperadores antiguos, pero no entendía lo que se ocultaba detrás de los pronombres en las conversaciones que sobrevolaban mi cabeza en casa o en la calle. ¿Qué había hecho «esa» para que hablaran de ella con tanto desprecio? ¿Quién era «ese» que tanta risa les daba? ¿Qué era «eso» que provocaba temor, asco o ataques de hilaridad? Sin los sustantivos, tu propia lengua se vuelve un idioma extraño.

La sensación de desubicación, que nunca me ha abandonado, me llevaría en algún momento a la conclusión de que mi origen debía de ser extraterrestre. Otros se creen adoptados, algo que algunos viven con terror a ser devueltos y otros deseando que, por fin, aparezcan un rey y una reina para reclamarlos como príncipes robados. Supongo que me pareció bastante improbable que unos padres tan atareados como los míos tuvieran tiempo de ir a un orfanato —algo que mi imaginación ubicaba en lugares bastante alejados— a buscar niños. De modo que la explicación solo podía ser el espacio exterior.

Lo conté en clase, pero, por supuesto, no me creyeron.

Para convencer a los escépticos, una mañana me presenté en clase con los dientes cubiertos con papel de plata (es más glamuroso que decir que lo hice con papel de aluminio). Les mostré mi brillante dentadura, y entonces dieron por hecho que los extraterrestres tienen dientes metálicos. Por si les quedaba alguna duda, hice un alarde de fuerza extraterrestre: me puse de rodillas, mordí el borde de madera de un pupitre y lo levanté con la boca. Fue la prueba definitiva.

No recuerdo qué restauró mi condición de terrícola, probablemente me pilló el maestro y me dijo que dejara de contar bobadas, o se me acabó el papel, cuya única fuente eran las tabletas de chocolate, que estaban bastante racionadas en casa, o mi hermana se chivó, pero fue fantástico ser extraterrestre durante una semana. Y lo fui porque bastaron mi convicción, unos dientes plateados y una absurda demostración de superpoderes para que los demás se lo creyeran. Así descubrí el poder de la verosimilitud. También el de la fabulación. Cuando vi los ojos de admiración de mis compañeros, por un momento pensé: «¿Y si es verdad? ¿Y si soy extraterrestre?». Porque los relatos son verdad mientras los estás contando o leyendo.

5
De contar historias y de hacer llorar

Son personajes frecuentes en películas, en ilustraciones, en los cuentos, en todo tipo de narraciones. También suelen aparecer en las presentaciones de libros, que no dejan de ser un género narrativo, con una estructura clásica, un tono propio, unos recursos característicos. Y sus tópicos. Si no lo han hecho al principio del evento, saldrán a escena en cuanto al escritor se le pregunte sobre los orígenes de su vocación: los padres y abuelos que de niño le contaban o le leían historias antes de dormir.

Cada vez que escucho a otros escritores hablando en público de esos abuelos o padres con sus cuentos de buenas noches, escudriño las señales delatoras de que el cuento es, precisamente, lo que nos está relatando en ese momento; otra parte de mí, en cambio, piensa, con un asomo de envidia: «Pues en mi casa eso no pasaba».

Las historias que yo recuerdo de esos años son las que pescaba de los adultos, en casa, en el bar que mis padres regentaron varios años, durante las visitas a las que nos arrastraban porque, por algún oscuro motivo, nuestra presencia era inexcusable, aunque nos ignoraban en cuanto nos habían mostrado y se había constatado nuestro crecimiento, lo hubiera o no. Ahora sé que podría haberme ahorrado fingir que no atendía a las conversaciones, ya que, por más que de vez en cuando repitieran aquello de «los críos se enteran de todo», en mi familia, como en tantas, se tenía la convicción de que los niños son sordos. Pero el único sordo en mi familia era mi abuelo Leoncio, que nunca nos contó cuentos, de eso estoy muy segura.

Ahora sé también que de las historias medio robadas y medio entendidas lo más interesante era aquello que quedaba oculto, lo que se eludía y a lo que se aludía sin nombrar. No era consciente, por supuesto, de que mientras recopilaba fragmentos y trataba de darles sentido, estaba recibiendo auténticas lecciones del arte de narrar ocultando. En ese momento solo coleccionaba piezas sueltas, que ni siquiera eran del mismo puzle.

Fragmentos que, rodeados de un fondo negro, dejaron imágenes de gran intensidad. La de alguien de la familia de quien se decía que nadaba como un pez en la playa de la Barceloneta y que en la posguerra recogía monedas que los soldados norteamericanos le tiraban al agua, cuyo cuerpo yo imaginaba brillante y dorado, como la estatuilla de los Oscar. O la historia que se contaba en voz muy baja sobre una mujer del pueblo, no sé cuál, que se entregó a la guardia mora franquista que rodeaba la casa porque pedían una mujer o los mataban a todos, y de la que nunca más se supo. Se hablaba de un pariente guapísimo que tuvo la oportunidad de ser actor de cine, pero no quiso. De otro que era forzudo. O tal vez era el mismo de antes, y resulta que era guapo y fuerte. No lo sé. Cuando mis abuelos paternos, que trabajaban en el mercado de La Boquería, traían cajas de guisantes que había que pelar para un restaurante, nos sentábamos todos alrededor de la mesa sepultada por una montaña de vainas y alguien se acordaba entonces de una familia refugiada, creo que vasca, que mi bisabuela escondió en el lavadero durante la Guerra Civil; el cuento siempre terminaba con el comentario de que desaparecieron todos los gatos del barrio. Había muchas historias de los huéspedes de la pensión que regentaron mis abuelos maternos. El apellido Soto, de un cliente del bar familiar que sorbía la sopa haciendo muchísimo ruido, entró en el léxico familiar en la fórmula «hacer el Soto»; no creo que haga falta explicar cuándo se usaba. Mi madre contando cómo mi padre echaba a los borrachos del bar cogiéndolos por el cinturón y el cuello de la camisa, como yo había visto en los tebeos (un bar del que no sé el nombre, ni quiero preguntarlo porque entonces imaginaré un cartel que no recuerdo). El fantasma de mi bisabuelo abriendo de un golpe la puerta del dormitorio para aparecérsele por las mañanas a mi abuela Nita, que entonces estaba embarazada de mi tío, por lo que ella entendió que le ordenaba que le pusiera su nombre, Obdulio, al hijo que esperaba... Preguntando a mis padres, he podido cambiar el fondo negro por uno más detallado, pero esas imágenes, pulidas durante años por la imaginación, siguen brillando con más intensidad que el resto.

No me contaron ni me leyeron cuentos cuando era pequeña, pero aprendí muy pronto a leer y en ese sentido me hice autosuficiente.

Y fui yo quien empezó a contárselos por la noche a mi hermana Montse, que es un año menor. En la primera casa en la que viví con mi familia, la de los abuelos maternos, en la que compartíamos un cuarto con dos camas paralelas.

No recuerdo cómo empezamos, esta parte tengo que inventármela, pero no creo que fuera especialmente original. Mi hermana me diría que no podía dormir y yo me ofrecería a contarle algo. O tal vez ella lo pidió. Muchas más opciones no quedan.

Lo que sí recuerdo es que al poco de comenzar las historias, ella se quedaba dormida. Lo notaba en su respiración. Yo seguía el relato para poder saber cómo terminaba. También porque al día siguiente me lo preguntaba y yo se lo contaba camino del colegio. Las historias siempre terminaban bien, si no, se enfadaba. Y, aunque se dormía bastante rápido, no servía el truco de repetir un cuento cambiando de protagonistas. «Este ya me lo has contado, pero eran gatos en vez de osos.»

A mí, siempre nerviosa, inquieta, me costaba mucho dormirme. Mientras contaba la historia, todo iba bien, pero al final me quedaba sola y en silencio en la oscuridad. Semioscuridad, porque algo de luz se colaba por la puerta entreabierta. Entonces empezaban mis problemas. Miope temprana, por la noche todo lo que me rodeaba adquiría formas nuevas y, por desgracia, amenazadoras. La ropa que colgaba de la puerta era una persona que solo esperaba un descuido para dejar de fingir que no estaba allí. Las prendas sobre la silla al pie de mi cama se movían mientras algo intentaba salir. Mejor no pensar en lo que se podía ocultar debajo de la cama ni dentro del armario. Fingía entonces dormir hasta que me quedaba dormida.

Por la mañana volvía a ver la ropa colgada de la puerta, el jersey que había dejado encima de la silla, las puntas de mis zapatos asomando debajo de la cama, todos los monstruos que me habían visitado en la oscuridad y volverían a hacerlo la noche siguiente.

Pero mientras contara historias, estaría a salvo. En el territorio de mis cuentos, seguramente muy simples y esquemáticos, era yo quien mandaba sobre los monstruos, podía moverlos a placer, también podía expulsarlos. Contar historias era una manera de alejar los miedos. Quizás la mejor manera.

Hacerlo por escrito era, como descubrió uno de mis profesores, la manera de tenerme callada.

Fue en el tercero de los seis centros educativos en los que he estado. Los diferentes cambios de escuela o instituto se producían por motivos que nunca me quedaron muy claros. Siempre fui una excelente alumna. Precisamente en ese tercer centro escolar, mi cabecita de pez abisal, retratada sin piedad por el fotógrafo local, ocupaba con raras excepciones el cuadro de honor en la entrada. De modo que no se trataba de mi rendimiento escolar. Los cambios, además de incomprensibles, fueron bastante incoherentes pedagógicamente, pues pasé por un parvulario en el Tibidabo, una escuela de pueblo, una academia en un piso, un centro ultrarreligioso (viniendo de una familia anticlerical), un centro catalanista autogestionado por el alumnado y un instituto público. Tuve experiencias de hija de diplomáticos sin que mis padres salieran del Prat de Llobregat. Como los hijos de diplomáticos, he desarrollado una buena capacidad de observación, para aprehender las reglas de los nuevos lugares y adaptarme a ellos, arrastro conmigo la constante sensación de excentricidad, pero no en el sentido de ser estrafalaria, sino en el de tener el centro desplazado, una perenne desubicación que va de la mano de un profundo anhelo de raíces.

Del primer colegio me acuerdo de los trabajos de manualidades con tampones hechos de patatas y del primer texto que recuerdo haber leído, «Come y calla», escrito con letras enormes en una pizarra en el comedor.

En el segundo fue donde, gracias a mi breve pero exitosa experiencia como extraterrestre, descubrí el poder de la ficción oral.

En el tercero descubrí el poder de la ficción escrita.

Todo empezó porque el profesor, don Juan, necesitaba que me callara. Supongo que sería como tener un grillo en el aula, por lo que en una ocasión, durante la clase, miró hacia donde yo estaba y dijo:

—Ribas, seguro que eso que estás contando es muy interesante. ¿Por qué no lo pones por escrito?

Esa fue la frase iniciática. Así empecé a escribir.

Y seguí haciéndolo porque logré que alguien llorase.

No un compañero cualquiera, sino el chico que me gustaba, Quique Sánchez. No era el guapo de la clase, ese era Jordi. Quique era el fuertote de la clase, el tipo duro. Todo lo duro que se puede ser con diez u once años. Es difícil describir la sensación de triunfo, de éxito absoluto que sentí la vez en la que don Juan me sacó a la pizarra a leer en voz alta lo que había estado escribiendo y, tras la lectura de ese cuento, un cuento tristísimo y desaforadamente sentimental sobre un toro de lidia que no quiere que lo lleven al ruedo, vi que Quique se enjugaba una lágrima con disimulo. No podía esperar mayor halago público. Ese fue mi «primer elogio de escritor», el momento en el que se me inoculó lo que Luis Landero describe en *El balcón en invierno* como «ese dulce veneno adictivo del que uno ya nunca se desengancha totalmente».

Como todas las experiencias primordiales, mi primer «gran» éxito como escritora dejó una impronta que va más allá de lo anecdótico. Lo recuerdo cada vez que en una charla o en un club de lectura alguien me reprocha que haya matado a determinado personaje y me pregunta si me gusta hacer sufrir a los lectores. Porque la respuesta es que sí. Que esta es una de las muchas razones que me mueven a escribir, que hacen que, como dice Peter Orner, esté dispuesta a «dedicarle sangre sudor y lágrimas a la tarea de inventar historias sobre personas que no existieron y hechos que no sucedieron». Es una de mis razones. Son muchas y ninguna de ellas por separado lo explica.

Escribo porque me hace sentir bien y se me da bien, como se nos dan bien las cosas para las que estamos hechos.

Porque me gusta que me lean. Por eso nunca me interesó escribir diarios «íntimos». Además, cuando escribo no me interrumpen. O, si lo hacen, no me entero. Es una de las múltiples ventajas de no estar allí.

Porque, como cuando le contaba historias a mi hermana, cuando escribo no me dan miedo los monstruos.

Porque al escribir puedo mudar la piel constantemente, experimentar lo que nunca podré hacer en la vida real, entender, o por lo menos intentar entender, cómo funcionan las mentes ajenas. No estoy dotada para la teoría, la especulación o la filosofía. Solo puedo comprender las cosas contándolas.

Porque en la ficción recreo las vidas que no he tenido. Vidas fantasma, como las que vislumbra Hilary Mantel en su libro autobiográfico: «Cuando te das la vuelta y miras atrás, vislumbras los fantasmas de las vidas que podrías haber vivido. Todas tus casas están encantadas por la persona que podrías haber sido. Los espectros y los espíritus se arrastran bajo las alfombras, entre los pliegues y tramas de las cortinas, merodean por los roperos y se tienden en el fondo de los cajones. Piensas en los hijos que podrías haber tenido y no tuviste». Irreparable, a menos que las escribas. Porque la ficción permite reparar errores del pasado. Podemos ser valientes cuando fuimos cobardes, generosos cuando fuimos mezquinos. Podemos enamorar a quien ni nos miró, darle una paliza al abusón, matar a los vivos, resucitar a los muertos.

Porque en la ficción, por más que suene paradójico, las cosas se vuelven reales. James Salter lo dice de una manera mucho más bella en *Don't Save Anything:* «Llega un momento en que te das cuenta de que todo es un sueño, y solo aquellas cosas que se han preservado por escrito tienen alguna posibilidad de ser reales».

Son muchos los porqués que he descubierto *a posteriori.*

Y es que se trata de volver a lo que sentí aquella vez en que Quique Sánchez intentó ocultar una lágrima que seguramente solo vi yo.

6
De nombres y otros misterios

Durante un curso escolar no me llamé Ribas; mejor dicho, no me llamaron así. Fue en cuarto de EGB. El primer día de clase el maestro —don Jesús teníamos que llamarlo— iba pasando lista con voz monótona hasta que llegó a mi nombre. Rosa Ribas Moliné, leyó. Hizo una pausa, levantó la mirada y me buscó en el aula. Yo ya había respondido «presente», de modo que no entendía a qué venía la interrupción, más cuando faltaban pocos apellidos para llegar hasta Zunzunegui, a quien el orden alfabético condenaba a ocupar siempre el último banco, del mismo modo que Stefan Zweig cierra las bibliotecas.

—Ribas. Mmm. No me gusta. Aquí te llamarás Moliné —dijo con la misma prepotencia con que Robinson Crusoe le puso nombre a Viernes.

Y desde ese momento pasé a llamarme así en su clase, es decir, seis horas al día, si bien seguí en mi pupitre, detrás de Reyes y al lado de Ridaura. Era una eme infiltrada, un libro colocado en la estantería equivocada.

«Moliné, a la pizarra.» «A ver si nos callamos un ratito, Moliné.» Cuando don Jesús me hablaba, hablaba a una tal Moliné, que era yo y no lo era, por lo que su voz siempre me llegaba con retraso, como en las antiguas conferencias telefónicas.

Nunca sabré por qué razón no le gustaba el apellido Ribas. Si tal vez se debía a algún tipo de hipersensibilidad fonética o estética; a que, por ejemplo, odiaba las palabras que empezaban por erre, o las que contenían consonantes bilabiales. Aunque apuesto a que se trataba de algo más personal, un viejo rencor: algún Ribas (con be o con uve) le jugó una mala pasada, una novia Ribas lo abandonó o un profe Ribas también le cambió el apellido, que no sé cuál era; no creo haberlo sabido nunca. Sí, tenía que ser algo personal y a mí me tocaba pagarlo.

A los diez años, mi nombre y mis apellidos ya eran parte de mi ser, inmutables en su sonido y en su orden. Algo firme y estable mientras todo a mi alrededor se movía y se transformaba, mientras yo me transformaba también. Llevar un nombre que no sentía mío, con el que no me identificaba, era incómodo, me desubicaba y tenía algo insultante. Esas sensaciones fueron la lección que me dejó la decisión arbitraria, autoritaria, incomprensible de don Jesús. Como fue una lección involuntaria, no creo que tenga que darle las gracias.

Aunque esa lección me haya resultado muy útil, ya que revivo esas sensaciones cuando busco el nombre para los personajes. ¿Se sienten cómodos con él?

Escribir una novela implica tomar infinidad de decisiones. Un universo que no existía tiene que levantarse pieza a pieza. Personaje a personaje también. Y los personajes casi siempre necesitan un nombre. Una decisión difícil y no solo personal. Porque a diferencia de la vida real, el nombre de los personajes tiene que encajar con ellos. Nombre y apellido denotan y connotan al personaje, son parte de la caracterización; nunca son neutros. En la vida real tampoco lo son tanto. Un estudio llevado a cabo en Alemania mostró que los maestros no tienen las mismas expectativas si un alumno lleva un nombre considerado más bien proletario, como Kevin o Chantal, o un nombre habitual en las clases altas, como Alexander o Anna-Lena.

En la ficción, toda la carga de asociaciones se manifiesta con mayor intensidad. Los nombres que percibimos anticuados, los que nos dan risa, por más noble que sea su etimología, como Sisebuto; los que asociamos a entornos urbanos, a un medio rural; los que ya vienen marcados por referentes reales o ficticios, como Elvis, Virginia, Penélope o Tom Jones.

A veces, una asociación puede jugarnos una mala pasada. Pensamos haber encontrado un nombre adecuado y, de repente, se nos cruza la imagen de una persona real con ese nombre e interfiere de modo inopinado para obligarnos a cambiarlo. Me sucedió con Daniel Ayala, de la serie de los detectives Hernández. Le había dado un primer nombre que me gustaba por la sonoridad, pero al escribir las escenas en las que él aparecía, algo no marchaba bien. Ayala tenía que ser sexi, pero no lograba verlo de este modo. Hasta que caí en la cuenta de que el nombre me traía a la mente la imagen de otro tipo que se llamaba igual, un tipo más bien poco agraciado, cuya forma se superponía al cuerpo de Ayala. Cambiado el nombre, el personaje adquirió el atractivo sexual que debía tener.

Cuando se produce la fusión ideal, el personaje toma su primer aliento y empieza a caminar, empieza a ser. Pero, no nos confundamos, no se independiza del autor y empieza a hacer lo que quiere, un tópico que se repite con frecuencia. Lo dicen incluso autores que acaban de contar que llenan cuadernos con las biografías de los personajes en los que consignan hasta de qué los disfrazaron en la comunión, que las paredes de su estudio están cubiertas de mapas, esquemas, notas, fichas, hilos de lana uniendo piezas. En estos casos, el personaje tal vez solo salió un momento porque se asfixiaba debajo de tanto esquema y necesitaba tomar el aire, pero dudo que tuviera la más mínima intención de hacer nada por su cuenta.

La imagen del personaje que se independiza de su creador es resultona, pero no veo en ella más que una reminiscencia de la concepción romántica del escritor como instrumento de dioses, de musas o de su propio genio. Es una forma, eso sí, de reconocer que los personajes tienen una lógica interna y que, enfrentados a los conflictos de la novela, tomarán decisiones de acuerdo con la personalidad que les hemos ido creando. Por lo tanto, al decir que los personajes cobran vida propia, en realidad echamos a un lado a los dioses y a las musas y fanfarroneamos de lo bien que los hemos parido.

Un elemento fundamental será el nombre que les demos, el que permitirá que hablemos de ellos, que los lectores hablen de ellos también y que, a veces, al hacerlo sintamos —ese es el gran momento— que están entre nosotros, que están vivos.

Cuando *Don de lenguas*, una novela que había escrito a cuatro manos con Sabine Hofmann, se tradujo al inglés, la editora consideró que los nombres de dos autoras de nacionalidades distintas en la portada era algo difícil de asimilar por los lectores. Necesitábamos un seudónimo. Porque Ribas y Hofmann. ¡Imposible!

El cortocircuito en la mente de los posibles compradores del libro estaba asegurado. En el caso de esta editora sigo preguntándome por qué publicaba libros si pensaba que el público lector sufre tales limitaciones cognitivas. Pero que te traduzcan al inglés es demasiado goloso como para ponerse exquisitas, y aceptamos.

Los viajeros que llegaban a los Estados Unidos con billetes de primera o de segunda clase entraban directamente en el puerto de Nueva York. Los de tercera clase tenían que pasar por la aduana de la isla de Ellis para que los controlasen y les hicieran un reconocimiento médico. Eran emigrantes llegados de todos los países de Europa con nombre y apellidos que los aduaneros a duras penas entendían y anotaban como podían o querían. En *Ellis Island,* Georges Perec recoge algunos de los cambios forzosos o involuntarios de los nombres de los emigrantes que pasaron por la isla antes de ser admitidos: «A un hombre llegado de Berlín se le llamó Berliner, a otro cuyo nombre era Vladimir se le sustituyó por Walter, otro llamado Adam pasó a ser Adams, un Skyzertski se convirtió en Sanders, un Goldenburg en Golberg, mientras que un Gold derivó en Goldstein». También Vito Andolini llega en la segunda parte de *El padrino* a la isla, y los funcionarios confunden la procedencia, Corleone, con su apellido, por lo que pasa a llamarse Vito Corleone.

A nosotras, pasajeras con billete de tercera clase al mundo editorial anglosajón, también se nos impuso un nuevo nombre, que, además, tenía que cumplir una condición: el apellido del seudónimo tenía que empezar con una letra de la mitad del alfabeto. ¿La razón? Así el libro quedaría en la parte central de las estanterías de las librerías. Los compradores no necesitarían levantar la cabeza y tampoco tendrían que agacharse. Una medida de protección, pues es bien sabido que todos los lectores de Paul Auster sufren graves daños en las cervicales y los de Unica Zürn tremendos ataques de lumbago.

¿Cómo nos llamamos al final? Sara Moliner. Lo que nos colocaba en la franja privilegiada que va de la H a la M. No sé cómo no estamos todos los autores cambiándonos los apellidos para ocupar esas estanterías de ventas aseguradas porque caen justo delante de los ojos de los lectores potenciales. Lectores de sanas espaldas. No como los de Auster y Zürn, superados, en cuanto a maltrato físico se refiere, por los de Louisa May Alcott o Stefan Zweig, que llenan las consultas de los fisioterapeutas.

Sara Moliner. Otra vez me habían cambiado e impuesto un nombre.

Ciertamente, el mío tampoco lo he escogido yo y los apellidos son los que me tocaron. El nombre lo eligieron mis padres. Rosa se llamaba la hermana muerta de mi madre. Es el nombre de una niña muerta que no llegó a conocer porque murió antes de que ella naciera. De hecho, mi madre nació porque esa niña había muerto y mis abuelos querían otro hijo. Mi abuelo esperaba que fuera un niño y, por lo que intuyo de algunos relatos velados, nunca escondió la desilusión de que mi madre no lo fuera.

De esa niña Rosa muerta no se conservan imágenes, solo la historia de mi abuela María arrastrando toda la vida la culpa por no haberla purgado después de que comiera fruta verde, que fue lo que le causó la muerte. A mi madre le tocó ser perseguida con purgantes toda su infancia.

En mi familia no hay ninguna Rosa más. Las mujeres se llaman Ana o Montserrat. Durante muchos años creí que mi nombre era el de una abuela de mi padre por la que él sentía tanto afecto que conservaba su bastón y se enojaba mucho si se nos ocurría jugar con él. Solo años más tarde me enteré de que no llevaba el nombre de la abuela favorita, sino el de la niña muerta. Una tía materna, pero cuesta llamar «tía» a una niña de cinco o seis años. Por más que lo he preguntado, no he logrado entender las razones de aquella decisión.

Si los nombres que nos dan los padres son una especie de mensaje, yo no entiendo cuál han querido darme.

Las incógnitas convierten un cachivache intrascendente en un enigma. Apenas conservo objetos de mi infancia. Es normal. Cuando eres pequeña, lo que haces es vivir, ser y estar en el momento, sin imaginar que esa vida alimentará las nostalgias futuras. Soy la hermana mayor, es decir, la que no rompe las cosas, pero he tenido dos hermanos con el derecho de destrucción que otorga que no haya nadie detrás esperando heredarlo. ¡Cómo dejaba mi hermano los libros de texto! Pintaba bigotes, barbas, cuernos, pedos... en cuanto la lección estaba pasada. La página que quedaba a la vista del maestro se veía algo sobada pero limpia. Debajo, bullían los monigotes.

Cuando me marché de casa de mis padres, lo hice sin sentimentalismo. No cerré la puerta de la habitación que dejaba con mirada melancólica ni me despedí de los objetos que se quedaban allí. Curiosamente, los pocos que me llevé me han acompañado desde entonces.

Uno de ellos es un pequeño calendario de mesa, regalo de mis padres al volver de alguna feria de material de papelería. Es una cajita rectangular en cuyo interior hay tres dados de madera. Dos de ellos tienen números y en el tercero aparecen los días de la semana. Sábado y domingo comparten una de las caras. Cada día hay que moverlos para poner la fecha correspondiente. En un lado de la cajita sobresale una figurita decorativa de metal de unos diez centímetros de altura. Una figurita cuya elección y posible mensaje me siguen intrigando aún hoy.

Porque mi hermana recibió un calendario como este con una figurita de la pata Daisy. Mi figurita es también un personaje de Disney: el lobo feroz de *Los tres cerditos*.

Cada vez que lo miro, no puedo evitar pensar: ¿por qué el lobo feroz? Antes habría que preguntarse a qué fabricante de calendarios de mesa infantiles se le ocurre escoger al lobo para decorarlos. Pero lo que me intriga de verdad es: ¿por qué el lobo feroz para mí? ¿Veían mis padres en mí cierta ferocidad y pensaron que esa figurita me identificaba? ¿O quizás no se fijaron bien y creyeron que era un perrito con sombrero? Un perrito muy arisco, todo sea dicho, ya que, debajo del sombrero, se aprecia su expresión amenazadora y tiene los brazos en jarra a punto de tomar aire dispuesto a derribar la casa de alguno de los cerditos.

No, no era un perrito, era el lobo feroz.

Mi lobo feroz.

Todas las mañanas, cuando cambiaba los dados de madera para poner la fecha, el lobo me saludaba con su pinta de malote. Y poco a poco empecé a verlo con otros ojos. Lo cual significaba que también empecé a ver a los cerditos con otros ojos. Con los del lobo. Y entendí la historia de otro modo. Entendí que, en realidad, lo que el lobo tenía era hambre y que necesitaba comerse a esos cerditos, que, además de parecerme algo idiotas y repelentes, tenían que estar realmente apetitosos.

¿No era lo mismo que sucedía en muchos de los documentales sobre animales que veíamos en la tele? Según cómo nos contaran las imágenes, nos hacían estar a favor de la dulce, tierna y bella gacela que huía de los crueles depredadores o nos preocupaba que las leonas no la capturasen, y los dulces, tiernos y bellos cachorros de león pudieran morirse de hambre, con lo cual la dulce, tierna y bella gacela pasaba a convertirse en jugosa carne. La gacela tenía sus motivos, sobrevivir. Los leones tenían sus motivos, sobrevivir. La perspectiva determinaba quién era el protagonista de la historia.

La perspectiva marca el tono, el carácter, los protagonistas del relato. En realidad, no se empieza a escribir de verdad una novela o un relato hasta que no se sabe desde dónde se está contando.

Esto lo supe gracias al lobo feroz del calendario que ahora tengo sobre una estantería de mi estudio. De vez en cuando vuelvo a mirarlo y le pregunto si tiene algo más que decirme, porque la clase magistral sobre perspectiva narrativa estuvo muy bien, pero... ¿por qué me regalaron mis padres un lobo feroz?

Lo que tengo en mi estudio no es, entonces, un calendario infantil, sino un objeto tan enigmático como para otros pueda serlo un códice indescifrable. También hay un misterio detrás de mi nombre. Incógnitas irresolubles que ponen en marcha los mecanismos de la imaginación.

Uno de los motores de la escritura es la búsqueda de respuestas que sabes inalcanzables. Que deseas inalcanzables, ya que lo más probable es que sean triviales, que no estén a la altura ni de las preguntas ni de las hipótesis. Por eso ya no les pregunto a mis padres ni el porqué de mi nombre ni el porqué del lobo, no vaya a ser que, de repente, se acuerden.

7
De cochinillas superdotadas y aprender a fracasar

Pasé muchas tardes de verano leyendo al lado del lavadero, al final del jardín de la tercera casa. Cuando me tocaba ir a sacar la colada de la lavadora, llegaba allí en veinte pasos, pero si abría una novelita de Agatha Christie o de Conan Doyle, el jardín era más profundo, y la galería, con el resto de la familia y la tele, se veía lejana, como cuando se mira a través de unos prismáticos puestos al revés. A veces, entre las páginas, me llegaba mi nombre. En las casas en las que conviven muchos miembros de una familia —nosotros éramos ocho de cuatro generaciones— se suele pasar revista de vez en cuando, de modo que alguien preguntaba: «¿Por dónde anda la Rosa?». Otra voz respondía: «Ahí, leyendo». Y volvíamos a lo nuestro.

Me sentaba a leer en el escalón del cuartito al lado del lavadero hasta que terminaba la novela o me llamaban, esta vez con insistencia. En ese cuartito encontré los libros de Salgari y Julio Verne. También una edición de 1935 de *Oliver Twist* que se titulaba *El hijo de la parroquia,* escrito por Carlos Dickens y protagonizado por Oliverio Twist. Un libro que me parecía ya cosa seria, porque estaba impreso a dos columnas y los capítulos, además de la numeración, tenían unas líneas de resumen como, por ejemplo: «Donde asistirá el lector a la discusión y aprobación de un plan notable de operaciones», o «Entrevista extraña que es continuación del capítulo precedente». Empezaba a fijarme en los títulos, en los subtítulos, en las listas y descripciones de personajes de las novelas de Agatha Christie de la Editorial Molino.

En ese mismo cuartito donde leía en verano instalé mi laboratorio.

Como de pequeña, además de leer, me apasionaban las ciencias naturales y quería ser investigadora, me regalaron un juego de química, una caja metálica que parecía un botiquín, en cuyo interior encontré todo tipo de instrumentos y, lo mejor, muchos productos químicos. Con algo de dinero que tenía ahorrado, me compré un libro de experimentos que había visto en una papelería del barrio, cuyas cubiertas de tela gris eran una garantía de seriedad. A su cientificidad contribuía también que tuviera un prólogo —era mi primer libro con prólogo—, y que las ilustraciones fueran en blanco y negro, muy distintas a las de los libros ilustrados de una infancia todavía demasiado cercana que había que sacudirse del cuerpo. Las instrucciones eran cortas y precisas. Otro punto a favor. A esa edad, mucho antes de tomar conciencia de la ambigüedad intrínseca al lenguaje natural, ya se sabe que la ciencia no tolera florituras estilísticas.

Tenía un laboratorio, tenía mis ingredientes químicos, tenía tubos de ensayo, mechero de alcohol, pinzas, pipetas..., tenía un libro serio y tenía, además, un ayudante, mi hermano pequeño.

Uno a uno fuimos haciendo los experimentos del libro, siguiendo las instrucciones con obsesión de naturalistas incipientes. Era emocionante. No importaba que los libros de experimentos químicos —al contrario de los libros de aventuras y misterios que tanto me gustaban, y tal como sucede con sus primos hermanos, los libros de cocina— revelen desde el principio, incluso desde el título, lo que va a suceder. Lo importante era ver cómo pasaba.

Yo me sentía una científica, era una científica, de modo que, cuando me faltó sulfato de cobre, ingrediente indispensable para uno de los experimentos más prometedores, el «jardín químico», no dudé en mandar a mi asistente a buscarlo. Le di instrucciones precisas: tenía que ir a una farmacia que no fuera la de la esquina, ya que allí nos conocían, y, aunque yo estaba muy convencida de la importancia de mis experimentos, no sabía si el resto de la familia compartía ese convencimiento. Anoté la fórmula y el nombre, «sulfato de cobre pentahidratado». Mi mala letra de zurda lo hacía casi ininteligible, por lo tanto, científico.

—Dile al de la farmacia que tu hermana, la gran científica, lo necesita para un importante experimento.

Lo de «importante experimento» muestra que, a los doce años, ya había leído lo suficiente como para saber que el adjetivo antepuesto engorda al sustantivo.

Con el papel bien doblado en la mano, mi hermano se marchó a cumplir con su misión mientras yo imaginaba lo que haríamos con los bellísimos cristales azules del jardín químico. Una joyería del barrio con el nombre de La Diamantina no podría resistirse a comprarlos para engarzarlos en joyas.

Mi hermano tardó en volver y lo hizo bastante mustio. Había cumplido a rajatabla mis instrucciones, pero el farmacéutico le había respondido:

—Dile a tu hermana, la gran científica, que, si quiere hacer su importante experimento, venga en persona a buscarlo.

Mi hermano, fiel mensajero, reprodujo incluso el tono irónico y burlón del farmacéutico. Mis palabras, la «gran científica», «importante experimento», devueltas de ese modo, se volvían contra mí. Sonaban risibles, petulantes. Los adjetivos fueron las primeras víctimas de la carcoma del ridículo. Las dudas amenazaban con roer los sustantivos. Pero delante de mi hermano no dejé entrever el revés sufrido. La fe de mi asistente en mis capacidades era uno de los pilares que me sostenían.

La confianza se tambaleó de nuevo cuando todos en la familia se negaron a probar mi sal de fruta de producción casera a base de bicarbonato sódico y ácido tartárico, a pesar de que habría supuesto un notable ahorro de dinero, a la vez que habría sido un acto de venganza contra los farmacéuticos.

A medida que se acababan los ingredientes químicos y no había modo de reponerlos, decidí pasar las investigaciones al campo de la biología, más en concreto a la etología, sin saber todavía que se llamaba así. Había encontrado en casa *El mono desnudo* de Desmond Morris y lo había leído, y en la papelería del barrio di con uno de Konrad Lorenz. Ya tenía nuevo campo de estudio: el comportamiento animal.

El problema era encontrar el objeto de investigación. Las mascotas todavía estaban prohibidas en mi casa. Si por entonces hubiera conocido la obra de Gerald Durrell, seguramente me habría inclinado por la etología humana. Una casa en la que conviven cuatro generaciones de una familia habría sido un material de estudio excelente, pero en ese momento la científica, que había menguado un poco esos días, le tapó la vista a la incipiente escritora.

Me incliné por algo más zoológico.

La decisión quedaba entre diferentes tipos de bichos del jardín: arañas, hormigas, ciempiés, cochinillas... Elegimos las cochinillas. Las arañas le daban miedo a mi hermano, los ciempiés olían francamente mal y las hormigas me parecían triviales, porque todo el mundo las estudiaba. En cambio, el mundo de las cochinillas estaba por descubrir. Además, había muchas.

El único experimento etológico que llevamos a cabo nos enfrentó a una disyuntiva de tintes ético-sociales: ¿quién es más inteligente, el que resuelve un problema por la vía ortodoxa o el que encuentra una solución inesperada? Este dilema, unido a la dificultad para diferenciar a los individuos, fue la razón del fracaso de nuestro intento de desarrollar una superraza de cochinillas seleccionadas por su inteligencia a la hora de salir de un laberinto de cartulina. ¿Cuáles eran las más inteligentes: las que daban con el camino de salida escogiendo las puertas correctas o aquellas que pasaban de buscar las puertas y salían simplemente trepando por las paredes? Dilema irresoluble.

Otro fracaso de la «gran científica». La fe de mi ayudante empezaba a resquebrajarse.

El próximo debía ser un gran éxito. Y lo fue. No podía ser de otro modo.

Se trataba de la demostración de la falsedad de la teoría de la generación espontánea. Claro que eso ya lo decía el libro de ciencias naturales del colegio, donde se explicaba que los ratones que aparecían en los botes con trigo, y que la gente de la época atribuía a la generación espontánea de los seres vivos, simplemente se habían colado allí porque no estaban bien cerrados. Pero, así se lo expliqué a mi asistente, el espíritu científico consiste en no creer a ciegas lo que te dicen, tampoco lo que afirman los libros de texto.

Dejamos unos frascos de cristal con granos de arroz (no teníamos trigo) cerrados herméticamente en varios puntos del laboratorio y, varios días más tarde, constatamos que no había ningún ratón dentro. Magro resultado, pero a veces necesitas culminar algo fácil para recordar lo que es el éxito. La alegría me duró poco. Cuando mi hermano entró en la cocina dispuesto a anunciar al mundo el éxito del experimento, le dijeron que muy bien, que si había ratones habría que poner trampas y que fuera a lavarse las manos antes de comer. En ese momento vi que acababa de perder a mi asistente.

¿Qué aprendió la gran científica? Que, aunque lo importante era hacer experimentos y tener un cuarto donde llevarlos a cabo, no era lo mismo si nadie se los tomaba en serio, si a nadie le importaban. Descubrió que, sin público, sin receptor, le faltaba algo. Descubrió que en toda actividad hay un componente narcisista, pero entonces, por supuesto, no lo denominó así.

Unos años más tarde, al leer *Los tónicos de la voluntad. Reglas y consejos sobre investigación científica* de Santiago Ramón y Cajal, entendí que, por múltiples defectos de mi personalidad, no estaba hecha para la ciencia. *Los tónicos de la voluntad* es un libro con consejos para jóvenes investigadores, que recoge el discurso que Ramón y Cajal pronunció al ingresar en la Real Academia de Ciencias Exactas, Físicas y Naturales de España. Un discurso apasionado del gran científico (este sí que lo era), pero que sentí como un agravio personal cuando llegué al capítulo quinto, dedicado a las «enfermedades de la voluntad». En este capítulo, Ramón y Cajal desglosa una tipología de «ilustres fracasados» para explicar las razones por las que mentes inteligentes y dotadas —hasta aquí todo bien— no llegan nunca a escribir la gran «obra». Según él, por un lado, están los malogrados por «contempladores», aquellos a los que la naturaleza les interesa sobre todo por su estética. A este respecto podía decir que me encontraba en un punto medio y no me sentía del todo aludida, pero la segunda categoría de futuros fracasados me tocó de lleno, puesto que son los «bibliófilos». La tercera lacra que condenaba a cualquier investigador al fiasco era la de los fetichistas de los aparatos científicos, a los que él denomina «organófilos». Mis aparatos científicos habían sido muy modestos, pero siempre me habían parecido bellísimos. Mientras leía ese texto tenía a mi lado varios tubos de ensayo con lápices dentro y conservaba flores secas en una de las placas de Petri. Mal. Algo más difícil resultaba incluirme en la siguiente categoría, no porque no me representara, sino porque está mal visto reconocer la propia ambición y más si eres mujer; pero, siendo sincera, también tenía que sumarme a los «megalófilos», aquellos que quieren entrar directamente por la puerta grande; otra cosa es que no haya sido así. Lo de los «descentrados», es decir, los que ejercen una actividad para la que no están dotados, esperaba que no me pasara nunca. Y, al final, en esos años de instituto, de lecturas sesudas que nos sobrepasaban, pero sobre las que discutíamos igualmente, me habría gustado poder decir que también tenía algo en común con el último de los grupos, el de los «teorizantes».

En resumen, que reunía, tal vez no todas, pero sí muchas de las cualidades propias de las personas que nunca llegarán a nada en la ciencia. Por suerte, aunque no por culpa de Ramón y Cajal, había cambiado de planes y, finalmente, no estudié biología.

Me incliné, tras mucho pensarlo, por la filología, donde podía dedicarme a leer. Y, como tantos estudiantes de esta materia, a escribir, pero siempre en secreto.

Porque todavía no estaba dispuesta a exponerme en público. Porque no estaba preparada (¿quién lo está?) para los rechazos, las críticas, las inseguridades, la sensación de irrelevancia, el miedo a que se descubra la impostura. Para el fracaso.

Entre los fracasos que se van acumulando con los años, pocos pueden igualar a la dolorosa vergüenza del primer manuscrito devuelto.

Mi primera novela terminada se titulaba *El profesor visitante*. Ha quedado, por fortuna, inédita. Pero al acabarla, estaba convencida de que merecía ser publicada. Como tantos escritores noveles, recopilé direcciones de editoriales, imprimí y encuaderné copias del manuscrito y las mandé por correo con la carta de rigor.

A los tres meses me encontré en el buzón la tarjetita de color naranja que en Alemania notifica que hay un paquete para ti en Correos. Fui completamente desprevenida, pero cuando vi el sobre que me entregó el empleado, supe lo que era. Uno de los manuscritos.

Leí allí mismo la carta de rechazo y me quedé paralizada en la puerta de la oficina. Me daba vergüenza salir y enfrentarme a las miradas de todo el mundo. Sentía que todos sabrían que estaban ante una fracasada, como si, al abrir el sobre, la tinta de mi manuscrito me hubiera saltado a la cara y me hubiera escrito en la frente la palabra «fraude». En cuanto pisara la calle, cada mirada me reprocharía mi arrogancia, me preguntaría que quién me había creído que era para pensar que a alguien pudiera interesarle lo que yo escribiera.

Por suerte, el cuerpo a veces viene en nuestro auxilio. Bastaba un gesto, levantar la barbilla, para poder desafiar al mundo y al escarnio. Los peces abisales lo sabemos bien. Hay que apretar los dientes y dejar que la cabeza levantada nos arrastre a la calle. Seguir nadando por más que la sensación de bochorno aumentara a cada paso, a cada ojeada, sobre todo a aquellas que se fijaban en el grueso sobre que llevaba debajo del brazo, la razón de mi ignominia. ¡Qué eternos eran los semáforos! ¡Qué larga la Berger Strasse! Ojalá no me topara con algún conocido. ¿Por qué siempre tenía que haber tanta gente en la Merianplatz? ¿Por qué no estaban en sus casas o trabajando? ¿Es qué no trabajaba nadie en ese país?

Llegué por fin a casa. Dejé el sobre de la vergüenza apoyado en la puerta para abrir mecánicamente el buzón. Allí me esperaban, crueles y burlonas, otras dos tarjetitas de color naranja. El diminutivo no es solo objetivo, ya de por sí las tarjetas eran pequeñas, es necesario para crear la fantasía de que se suavizan algo las dos bofetadas.

En *De cómo recibí mi herencia,* Dorothy Gallagher cuenta que, en una ocasión, se echó a llorar de súbito en la cola de un supermercado porque la asaltó un recuerdo triste, y apostilla con su habitual parquedad:

«Cuando te pasa algo así en público, es mejor ir bien vestida». Muchos años antes de haberla leído, el instinto ya me había hecho vestirme adecuadamente antes de ir al día siguiente a recoger otros dos manuscritos. Para amortiguar el impacto de las cartas de rechazo, me puse incluso un chaleco azul oscuro, con unas finas rayas blancas delante y la espalda de seda. Lo conservo todavía. Las hermanas mayores no rompemos la ropa. Es mi chaleco antibalas.

8

De viajeros inmóviles y otras mentiras

No me gusta mucho viajar.

Para alguien que, como es mi caso, sufre de claustrofobia, viajar puede ser desagradable y angustioso. El viaje es una actividad que debería narrarse solo en la voz pasiva, porque, una vez tomada la decisión de emprender el viaje, pasamos de ser sujetos a objetos de la acción, no hacemos, nos hacen cosas: nos dan órdenes, nos meten prisa, nos gritan, nos miden y pesan las maletas, nos obligan a enseñar todo lo que llevamos en los bolsillos, nos condenan a esperas, aún más torturadoras de lo habitual porque muchas veces son indeterminadas, nos encierran...

No. No me gusta viajar, y, sin embargo, en los libros que más disfruté en mi infancia, los libros que me hicieron lectora y, por lo tanto, escritora, los protagonistas viajaban porque eran piratas, científicos, aventureros. O ricos ociosos, como Phileas Fogg, el protagonista de *La vuelta al mundo en 80 días*. Si lo pienso bien, quizás viajar me gustaría más si tuviera un criado como Passepartout y tanto dinero como Phileas Fogg.

Ahondando en mis contradicciones, redacté mi tesis doctoral sobre los relatos escritos por un puñado de alemanes que se embarcaron hacia América en los siglos XVI y XVII. Viajeros que me interesaban porque eran extranjeros desde el momento en que se embarcaban en navíos españoles o portugueses, aunque, eso sí, compartían el impulso principal, la codicia, con el resto de sus compañeros de viaje y se sentían impelidos por los mismos relatos fabulosos sobre las riquezas del Nuevo Mundo.

Como sucede con tantas cosas que nos cambian la vida, los descubrí de modo fortuito. Estaba en la Staatsbibliothek de Berlín buscando en el catálogo. Pasando fichas, llegué a una en la que tuve que detenerme: «*Deutsche Konquistadoren*». Más que un flechazo, fue un choque semántico, nunca había visto el gentilicio «alemán» acompañando al sustantivo «conquistador». ¡Y esa K! Seguí el hilo de los conquistadores alemanes, como en ese momento habría seguido el de toreros japoneses o bailarines de *square dance* de Mataró. Fuera estaba empezando a llover y no tenía ganas de volver a la habitación algo sórdida que alquilaba en un barrio más bien hostil. Pedí los libros.

Así conocí a un reducido grupo de aventureros alemanes que dejaron testimonio de sus andanzas en cartas, relaciones y crónicas. Son textos esforzados, rudos, como sus autores, en los que lo más atractivo es observar los mecanismos —escasos— a los que recurrían para describir lo que estaban viendo y viviendo.

Así, Nikolaus Federmann narra sus salvajes incursiones por el interior de Venezuela, cuando, a principios del siglo XVI, este territorio fue arrendado a los banqueros alemanes Welser por Carlos I para saldar una parte de sus deudas.

También de ese momento y de ese lugar hablan las cartas que se conservan de Philipp von Hutten, una especie de caballero metido a conquistador para hacer, por supuesto, fortuna y llenar las mermadas arcas de su noble familia. Quedó varado en el Nuevo Mundo, porque descubrió demasiado tarde que las expediciones fallidas significaban entrar en una espiral de deudas, y fue asesinado a la vuelta de su segundo viaje fracasado por alguien que no estaba dispuesto a cederle el cargo de gobernador a un extranjero, por más «*von*» que fuera.

Tenemos también a Ulrich Schmidel, quien en su libro narra calamitosas expediciones por los territorios actuales de Argentina y Paraguay a mitad del siglo XVI, en un relato lleno de penalidades, muerte, hambre e incluso canibalismo entre los expedicionarios. De otro de los textos, la relación de un viaje a

Brasil escrita por un tal Michael Hemmersam, impresiona, sobre todo, el parco recuento de nombres de marineros muertos durante la travesía: fecha, nombre del muerto, rango, edad. Día tras día, uno o dos cuerpos arrojados al mar, que me hicieron imaginar un mundo submarino surcado por cuerpos que, como el ahogado de Luis Cernuda, recorren lentamente unos dominios «donde el silencio quita su apariencia a la vida».

Pero, entre este árido corpus, destacaba un texto narrativamente superior, el relato de Hans Staden, un libro con el sensacionalista título de *Warhaftige Historia und beschreibung eyner landtschafft der Wilnen Nacketen Grimmigen Menschfresser Leuthen in der Newenwelt America,* es decir, *Verdadera historia y descripción de un país de salvajes desnudos que devoran hombres en la América del Nuevo Mundo,* en el que Staden cuenta su viaje a Brasil y cómo vivió durante meses con los caníbales de la tribu de los tupinambá, en peligro constante de ser comido por los indígenas, pero salvando la vida siempre de manera milagrosa.

Este libro fue considerado durante mucho tiempo una de las primeras fuentes historiográficas de Brasil, pero investigaciones más recientes revelan que una buena parte del relato está copiado de las traducciones al alemán de las cartas de Amerigo Vespucci, por lo que es improbable que el autor fuera Hans Staden, quien no era precisamente un hombre de letras. Algunos investigadores postulan que el verdadero autor sería quien aparece como prologuista del libro, Johannes Dryander, un médico y erudito de la Universidad de Marburgo, que no pisó América, pero conocía los textos que circulaban con gran éxito por toda Europa en el siglo XVI en forma de pliegos sueltos.

Se me ocurre una tercera posibilidad, que no aparece en mi tesis porque se apoya en dos argumentos muy poco científicos: por un lado, el hecho de que no se pueda demostrar que no sea cierta y, por otro, que se trata de una buena historia. Es decir, dos veces ¿por qué no? Algo que está muy lejos de ser una explicación científica, pero sirve de maravilla tanto para desarrollar una ficción como para escalar una montaña.

¿Por qué no imaginar que Hans Staden sí que estuvo en América, y que, como los libros sobre viajes a América se vendían bastante bien, intentó escribir uno? Pero su relato resultó demasiado pobre. Era soldado, cañonero. ¿Cómo podía dar cuenta de tanta maravilla, de tanto horror? Recurrió entonces a Dryander, y el erudito extrajo del torpe relato de Staden todo aquello que le podía servir, hizo un refrito con textos de otros viajeros, encargó unas ilustraciones sugerentes, con imágenes chocantes de ollas llenas de cuerpos humanos y mujeres desnudas bailando alrededor, y construyó uno de los *best-sellers* de la literatura de viajes del siglo XVI en Alemania. Las andanzas del cañonero alemán están contadas como en un libro de aventuras, con un narrador en primera persona que nos hace partícipes de sus emociones y de su asombro ante un mundo nuevo, con ganchos narrativos, morbosas y detalladas descripciones de los hábitos de los salvajes... El relato se dio por verdadero. Su autor manejaba bien los mecanismos de la verosimilitud: contaba con la certificación autóptica de un protagonista que afirmaba haber vivido esas aventuras, algo que Dryander refrendaba con su autoridad como reconocido académico. A su favor jugaba también que era muy difícil que alguien pudiera desmentirlo. Es decir, que era bastante improbable que la realidad, siguiendo su mala costumbre, apareciera para estropear una buena historia.

Los mecanismos para defender la ficción de los choques con la realidad cambian con los tiempos y los contextos, pero son innatos. Los dominamos de modo natural porque, como afirma Jorge Volpi en su iluminador ensayo *Leer la mente,* la ficción es una «invención imprescindible para el bienestar de la especie», es una herramienta que nos ha ayudado a sobrevivir, que nos ha hecho humanos. Nos creamos en los relatos, nos recreamos en ellos, tanto en el sentido de disfrutar como de rehacernos. La ficción es un campo para experimentar: cómo seríamos si, qué haríamos si, para conocernos y conocer a los otros.

Por eso defendemos las ficciones. Lo hacemos ya en la infancia, cuando el mundo real empieza a arrebatarnos cada una de las bellas mentiras de nuestros padres, se trate de ratones coleccionistas de dientes, de reyes rumbosos, de dónde están los parientes muertos o de un cuchillo metido en una funda colgado en la pared del salón que supuestamente era para cazar rinocerontes.

En el camino de vuelta de la escuela, muchas veces le contaba a mi hermano historias sobre mis compañeros de clase. Mi hermano era un buen oyente, un oyente expresivo, que me dejaba entrever si la historia le estaba gustando o no, así que podía ajustarla para transformar lo vulgar, aburrido o mediocre en algo divertido o asombroso. En mis relatos no mentía, pero exageraba bastante. Por eso había que evitar que conociera a los protagonistas reales; era mejor que los viera siempre desde la distancia y no descubriera que ni el bruto ni el chistoso ni el despistado ni el loco lo eran tanto como le había contado.

Pero, aunque él sentía curiosidad, hizo gala de la inteligencia natural con que los niños protegen los cuentos de los ataques de la realidad y supo evitar el encuentro.

Es el mismo escudo protector que levantan cuando oyen en el recreo o en la calle lo de que «los padres son los Reyes» y hacen que el verbo «ser» pierda su transparencia de verbo copulativo y se vuelva tan opaco como una palabra extranjera. Porque es mucho mejor, mucho más bonito que existan.

Yo también los defendí con todas mis fuerzas, puse todo mi empeño en bloquear los intentos de chivatazo de los que ya lo sabían y necesitaban imperiosamente que los otros se enterasen, por lo que te asaltaban en el patio del colegio con el: «¿Sabes que los Reyes son los padres?». Mi cerebro se negaba a interpretar esa frase, como había ignorado el cúmulo de pruebas que la apuntalaban: las miradas que intercambiaban mis padres al hablar de los Reyes, el hecho de que nunca tuvieran hambre esa noche, pero dejaran dos platos —y no tres— de comida, que amanecían vacíos: «¡Vaya, pues sí que tenían hambre los Reyes!». Y, sobre todo, que siempre hubiera algún regalo que coincidía con productos de la empresa que representaba mi padre en ese momento: galletas, caramelos, plastilina... Recuerdo que en una ocasión le dije a mi padre: «Mira qué tontos los Reyes, se han gastado dinero en lápices de colores que ya tenemos gratis». Para ser tan listilla era bastante tonta. A mis padres debieron de saltarles todas las alarmas. Las mías estaban convenientemente desconectadas.

Era una niña a la que siempre se le exigió madurez y me negaba a esa renuncia. La dedicatoria en el libro que me regaló mi padre cuando cumplí los dieciocho años es tan amorosamente halagadora como terrible: «Cuando naciste ya eras mayor de edad».

No sé si era mayor de edad, pero sí, como todos los humanos, entrené las habilidades narrativas mientras aprendía a hablar. Y a mentir, tal vez incluso antes que a hablar.

Los humanos detectamos pronto qué hacer para conseguir cosas de los demás: cómo fingir hambre para probar lo que otros comen, cómo fingir inocencia para evitar castigos, cómo sonreír cuando te besa la pariente que pincha, porque siempre trae algún dulce de regalo. Pero empezamos a desarrollar la maestría en cuanto aprendemos la lengua.

Ser seres narradores significa ser seres mentirosos también. Hacemos uso de la capacidad de engaño, desde el «no» que se balbucea ante la pregunta de si hemos roto algo, hasta responder con absoluta convicción que un gigante se comió las galletas. Si nos apuran, incluso hacemos el retrato robot del gigante.

«Yo no he sido» es la frase alrededor de la cual se experimenta con todos los ingredientes necesarios para conseguir credibilidad. En primer lugar, la expresión facial. ¿Es mejor poner cara de inocente o indignarse ante la falsa acusación? Después se aprende a valorar si es necesario añadir argumentos o dejarlo en la contundencia de esas cuatro palabras como dándolas por tan incontestables que no precisan añadidos. Esto se aprende tras varias experiencias en las que el exceso de explicaciones ha resultado contraproducente. Las buenas mentiras son breves y los detalles tienen que proporcionarse solo cuando son necesarios, a demanda del acusador. Vamos mejorando.

El siguiente paso es ajustar la calidad de los detalles, que tienen que aportar información exculpatoria. Uno bueno es mucho mejor que cinco pobres. Las mentiras son una forma del relato y, como en cualquier relato, siempre es preferible la calidad a la cantidad. Después, es muy importante decidir el género. Los errores en la elección del género se pagan caros, tanto cuando se trata de mentiras como cuando se está contando la verdad. Es una cuestión de verosimilitud, mucho más importante que la verdad cuando se trata de relatos.

Esto lo aprendí de un modo doloroso cuando tendría unos quince años. Estudiaba en el quinto centro escolar, que estaba en Barcelona. Todos los días tren y bus o dos buses, es decir, cuatro billetes, porque para cada trayecto había que comprar un billete.

Cerca del centro escolar había una papelería que vendía también saldos editoriales y libros de segunda mano muy baratos. Conservo unos pocos de esa época. Más que amarillos son marrones, pues algunos ya amarilleaban cuando los compré, como la edición del Centro Editor de América Latina de *El fideo más largo del mundo,* unos relatos de Bernardo Jobson, que me hicieron mucha gracia, aunque no entendía muchas expresiones que aparecían en el texto, y que ahora casi no me atrevo a abrir por si el libro se me desmenuza entre los dedos.

Cuando en una ocasión mi madre detectó que le faltaba regularmente dinero del monedero, pensó que yo tenía que ser la ladrona. ¿Cómo podía, si no, comprar tantos libros?

La verdad era que hacía el camino de la plaza España al instituto a pie, tanto a la ida como a la vuelta, con lo que me ahorraba dos billetes de autobús a diario. Pero esta historia se me murió en la boca en cuanto empecé a contarla, pues yo misma noté que parecía una especie de folletín y la convicción y el aplomo que deberían haberme otorgado estar diciendo la verdad se transformaron en sensación de ridículo. Por supuesto, no me creyeron.

Durante varios días apenas se me dirigió la palabra en casa. Era una ladrona y una mentirosa. Solo mi abuelo Joan me creyó tras llevarme aparte, a la entrada de la casa, una estancia grande y fría en la que había los únicos sillones de la casa, tres asientos rígidos de cuero verde. Se sentó frente a mí, me pidió que le mirara a los ojos y que le dijera si había sustraído el dinero. Mi abuelo tenía unos ojos azules bellísimos y nobles, a él no se le podía mentir. Le conté la verdad. Él me creyó. El resto no lo creyó a él. Y seguí siendo objeto del desprecio y el ostracismo familiar hasta que se descubrió al culpable, que tenía, además, un cómplice, que había callado mientras dejaba que siguieran las acusaciones falsas.

De esos días de absoluta infelicidad me llevé una lección. Mejor dicho, dos.

La primera tiene que ver con la relación entre la verdad y la verosimilitud. Mi historia era verdadera, pero contenía demasiados elementos inverosímiles: una adolescente que se levanta por voluntad propia antes de hora para hacer uno de los trayectos de autobús a pie y así ahorrarse el dinero del billete, que lo hace también a la vuelta, que lo hace a diario; una librería económica justo a la vuelta de la esquina del instituto; uno o dos libros a la semana durante meses.

La historia, definitivamente, no funcionaba, no en el siglo XX, cuando los folletines habían perdido por completo su ya de por sí escasa verosimilitud. Con lo que llegamos a la siguiente lección: elige bien el género de tu relato.

9
De palabras

Sentada en el autobús, me llegan fragmentos de la conversación entre dos chicos que están detrás de mí. Seguramente tienen un examen de matemáticas, porque hablan de senos, cosenos, asíntotas y logaritmos neperianos... Alguna vez supe lo que significaban estas palabras, pero ahora son vestigios de materias que he olvidado a pesar del esfuerzo que invertí en aprenderlas.

Bajo del autobús pensando que en cuanto llegue a casa buscaré las definiciones. Me bastan unos pocos pasos para volver a la realidad y saber que no necesito esas palabras, que lo de resucitarlas, aunque solo sea para leer la definición en la red y darme cuenta de que tampoco las entiendo, ha sido una especie de reacción de cortesía. Como cuando te encuentras por casualidad con antiguos compañeros del colegio o del trabajo y te despides con un «A ver si quedamos un día de estos», pero sabes que no vais a hacerlo.

Los breves reencuentros con palabras perdidas en el fondo de la memoria se parecen a las reuniones que propició el nacimiento de Facebook, cuando mucha gente empezó a buscar, y localizar, a compañeros del colegio, antiguas amistades, incluso exparejas, a través de la red social. Por lo general, tras intercambiar mensajes y fotos, el primer encuentro en persona era también el último. Una vez agotadas las anécdotas del pasado, solo quedaban minutos interminables sin saber qué decirse. Resucitar viejas relaciones cuesta tanto esfuerzo como volver a entender los logaritmos neperianos. De los que me habría olvidado de nuevo de no haber tomado nota de mi fugaz reencuentro con ellos.

Senos, cosenos, asíntotas y logaritmos neperianos... Voy a seguir sin saber qué son, pero su sonido me ha llevado a la clase de matemáticas, a las aulas del instituto del Prat, sexto y último de mis centros educativos. Veo incluso dónde me sentaba y con quién. El orden alfabético me regaló otra amiga, Marina. No recuerdo qué es un logaritmo neperiano y, en cambio, sé que los estudiaba en un cuartito de la casa familiar que era mi «despacho». Escribo una vez más «logaritmo neperiano» y veo las estanterías con mis libros y el tocadiscos sobre una mesita, veo el calendario del lobo feroz, que no siempre tenía al día, y una placa de Petri con flores secas. Logaritmo neperiano. Igual que las palabras mágicas de los cuentos, no hay que entenderlas, basta con pronunciarlas para que pase algo. Como imagino una cara sonriente con solo ver las patas cortas del osito en una foto.

Son palabras fantasma. Guardamos muchas en nuestro interior. Aparecen tan fortuitamente como los logaritmos y las asíntotas que se me presentaron en un autobús.

Una se me coló en casa un día mientras estaba poniendo la mesa. Teníamos la tele sonando al fondo. Era un concurso al que no le prestaba apenas atención, hasta que, de repente, le preguntaron al concursante qué era la gutapercha. Me quedé quieta al lado de la mesa, con los tenedores en la mano, y respondí sin vacilar que «es un tipo de caucho originario de Malasia», como si alguien me estuviera dictando las palabras.

Al instante, volví a ver los volúmenes de color verde botella de la *Gran Enciclopedia del Mundo Durvan* en la casa familiar y las letras doradas de los lomos. Y recordé que uno de esos volúmenes contenía el mundo desde «Gutapercha a Intolerancia». Cuando era pequeña, me leí todas las palabras que aparecían al principio y al final de los no-sé-cuántos volúmenes. Por lo visto, algo quedó grabado. Como en las películas de espías, en las que aparecían agentes durmientes programados con una palabra clave. Alguien los llamaba por teléfono, pronunciaba la palabra y esa persona se convertía en un robot asesino. En mi caso, los tenedores y cuchillos acabaron mansamente en sus lugares mientras yo volé, aunque fuera solo por unos segundos, a otro tiempo y a otro lugar.

De gutapercha a intolerancia. No sé qué palabras aparecían en los otros lomos. Quizás se me presenten en otro momento. O tal vez recuerde solo esa, porque me sonaba, y me sigue sonando, chistosa. «Gutapercha» estaba escondida en mi memoria, esperando su momento de ser dicha y de hacer algo. No creo que se den muchas ocasiones más, así que espero que la cara de asombro y admiración de mi marido al oír mi perfecta definición la haya compensado por los años de olvido.

Algo similar me sucedió leyendo la traducción al catalán de Valèria Gaillard de *Els anys* de Annie Ernaux, al toparme con la palabra «*eixordar*» (ensordecer) y algo me obligó a detener la lectura. Tal vez fuera el carácter autobiográfico de la obra de Ernaux, tal vez fuera que el otoño es la estación más dada a evocaciones, tal vez que un reciente encuentro con antiguas compañeras del colegio había dejado entreabierto el cajón de los recuerdos.

De pronto, estaba otra vez en un aula, no sé si en sexto o séptimo de EGB. Era en el tercer colegio, una de esas academias concertadas ubicadas en pisos, donde los maestros daban clases de todo, supieran o no. Como el catalán había entrado en el plan escolar, pusieron a darnos clases a una profesora joven, que, creo recordar, era la nuera de los directores y que, aunque se esforzaba, tenía más bien poca idea. Una de sus actividades predilectas, supongo que porque gastaba muchos minutos de clase, era hacernos leer textos en voz alta. El mismo texto. A todos. En una clase de unos cuarenta alumnos. Con menos se han fundado sectas.

Y un día llegó el texto en el que salía la palabra *«eixordar»*. El primero al que le tocaba leerla en voz alta se encalló con ella, levantó la vista y miró a la maestra esperando una ayuda. Entonces ella leyó el texto como si lo viera por primera vez. Bien, supongo que en realidad lo veía por primera vez, lo leyó en voz alta y al llegar a la palabra soltó un poco dubitativa: *«Es diu "ecsordar"»*. Y nada, cuarenta alumnos leímos así la palabra, sin ponerlo en duda, hasta que se acabó la clase. No sé si ella respiró aliviada al salir o se metió a llorar en los lavabos. Quizás todavía siente cómo le brotan gotas de sudor encima del labio superior cada vez que esa palabra reaparece en su vida. Años más tarde, me encontré yo misma dando clases de algo que no sabía, en mi caso griego clásico, y entendí la agónica necesidad de matar como sea los minutos hasta que suena el timbre, que no será *eixordador* pero sí liberador.

Yo también tengo algunas palabras que me han hecho pasar sonrojos.

Hay una que no puedo leer o escuchar sin sentir una enorme vergüenza retroactiva. Si la tengo que decir, creo que incluso tartamudeo. Es «alienado».

Una falsa etimología me llevó a pensar que se decía «alineado», de «línea»; lo cual no deja de tener algo de lógica, porque pensaba que se refería a gente que estaba conforme, en línea, con el sistema. Las falsas etimologías son como las teorías conspiranoicas, siempre encuentran argumentos a favor. De modo que con la petulancia que se tiene a los dieciséis años y con no menos apasionamiento, en una acalorada discusión sobre política que tenía con unos compañeros de clase, les eché en cara que eran todos unos alineados. La carcajada que soltó una de ellas todavía me resuena en los oídos. Ahora mismo lo está haciendo. Aprendí a decirla bien, por supuesto; entendí también su etimología. Añade un escalofrío extra de vergüenza a las películas de *aliens*.

Si ese grupo de compañeros se acuerda de mí —en ese centro estuve dos cursos—, espero que no lo hagan recordando otro accidente lingüístico que todavía me persigue. En esa ocasión había preparado una presentación sobre la fotosíntesis para la clase de Biología, pero se me pasó por alto que tenía que hacerla en catalán. Me faltaba una palabra clave y se la pregunté a un compañero al pasar a su lado camino de la pizarra.

—*Com es diu* «tallo» *en català?*

—*Tija* —dijo él.

«*Tissa*» entendí yo. Me puse delante de la clase con aplomo, nunca he tenido miedo de hablar en público. Tenía todo bien preparado y a última hora había resuelto incluso mi duda lingüística, de modo que hablé de la fotosíntesis sin entender a qué venían los respingos que daba mi compañero cada vez que hablaba de la savia que subía y bajaba por la «*tissa*». Tal vez exista una fórmula mágica que hace que las palabras que has usado mal te den la absolución. Algo así como cinco veces bien por cada vez que se pronunció mal. Si hago caso de mi recuerdo, creo que sigo en deuda.

Llegada aquí, me retracto de la frase con que empecé a contar esta anécdota. Sería bonito que alguno de mis compañeros se acuerde de mí cada vez que poda las plantas y que sonría por lo bajo.

Yo también lo hago al usar expresiones o palabras, bien o mal dichas, que otros dejaron como recuerdo. Forman parte de mi léxico, pero siempre transportan el eco de la voz de esa persona. Como el «tachis» de mi abuela Nita, que yo uso para decir «taxi»; los «goyurines» de la abuela de un amigo, que es como llamo a los yogures en casa.

Aunque he sufrido estos y otros descalabros lingüísticos, aprendí a hablar pronto. Además, hablaba con claridad. Aprendí también a leer con rapidez, a lección diaria de la cartilla porque la maestra no quería correr más.

Recuerdo cuánto me exasperaba la lentitud de mis hermanos, a la vez que me moría de celos porque mi madre se sentaba con ellos y repasaba una y otra vez: «to-ma-te», «to-ma-ti-to». Y porque todo el mundo se reía cuando ellos decían «popotu», en vez de «hipopótamo», o «cóptimo» en lugar de «helicóptero». A mí me habría gustado también poder ser graciosa por torpe, como ellos, y no la alumna perfecta que lo decía todo bien a la primera.

Eran los mismos celos que sentía porque no solía enfermar, y si lo hacía, me recuperaba con facilidad, de modo que mientras mis hermanos se quedaban en casa con la cara inflada por paperas, yo me iba al colegio con unas ligeras molestias.

Aprendí rápido y en las dos lenguas, catalán y castellano. Las aprendía en dos espacios distintos y a la vez familiares. El catalán en casa, que estaba en el primer piso; el castellano, en los bajos, en el bar de mis padres, con los camareros y los clientes, que eran mayoritariamente castellanohablantes.

Por los relatos familiares, sé que los nombres de los colores los aprendí en catalán y en diminutivo: *vermellet, blavet*. Me los enseñó mi bisabuela. Ella misma me lo contó muchas veces.

Se llamaba, la llamábamos, Duloras, ni Dolors ni Dolores. Hasta mis diecisiete años tuve el privilegio de haberme criado no solo con abuelos, sino también de haber convivido todos esos años con una bisabuela. Sufrió un ictus la noche que regresaba del viaje a Gales en el que sufrí la breve pero dolorosa transformación en pez abisal. Murió pocos días después.

Era una mujer grande y rubia, de ojos azules, que enviudó a los veinticuatro años. Mi bisabuelo, del que solo he visto la foto de bodas, era un hombre guapísimo, como lo fue mi abuelo Joan, su hijo, que tenía tres años cuando murió su padre, quien era, por lo que sé, *l'hereu* de una casa de *pagès* del Prat. A mi abuelo le habría correspondido serlo de mayor. Pero la mujer de la casa, la suegra de mi bisabuela, era joven todavía y se quedó embarazada. Tuvo un hijo varón. Ya tenían un *hereu* directo y en Cataluña solo puede haber uno, de modo que echaron a mi bisabuela y a su hijo a la calle. No volvió a casarse, salió adelante trabajando como carnicera.

Mi bisabuela era creyente. Como le costaba mucho caminar, seguía la misa de los domingos por la tele.

Según afirmaba, el Papa había dicho que también valía si no se podía ir a la iglesia. Se ponía bien centrada delante del aparato para que no se le fuera a escapar la bendición por los lados. En una casa en la que convivíamos cuatro generaciones, cada generación tenía su modo de fastidiar a las otras. Nosotros la hacíamos rabiar fingiendo que íbamos a pasar por delante del aparato justo en el momento de la bendición, pero nunca nos habríamos atrevido a hacerlo. Fue una mujer imponente incluso en su ancianidad.

Sabía muchas oraciones y poemas de santos. Siempre le rezaba a santa Llùcia para que me cuidara la vista, pero algo debió de salirle mal. Quizás se equivocó de oración y le rezó una que era para otra santa, Llùcia se lo tomó a mal (supongo que los martirios acaban agriando el carácter) y me fue añadiendo inmisericorde una dioptría tras otra.

Mi bisabuela me enseñó los nombres de los colores. Me los enseñó en catalán y en diminutivos: *vermellet, blavet, groguet...* Rojito, azulito, amarillito. Ella me contó que me llevaba en brazos por la casa y me señalaba objetos para que dijera de qué color eran. La imagen que tengo en la mente es tan nítida que ya se ha vuelto real y la oigo preguntándome: «*De quin color és?*», a lo que respondo «*verdet*» o «*groguet*», y veo cómo ella celebraba cada acierto.

Quizás de ahí venga la necesidad de dar siempre con la palabra justa.

También la necesidad de que mis palabras agraden. Quién sabe si estos entusiastas halagos por parte de una persona tan querida no afectaron para siempre con enormes dosis de dopamina y serotonina mi sistema cerebral de recompensa y desde entonces busco mi próxima dosis como una yonqui.

Lo que sí sé es que no puedo escribir estos diminutivos sin un nudo en la garganta.

Hay palabras que pronunciamos con cariño porque están asociadas a determinados momentos o personas, otras están marcadas porque recuerdan situaciones bochornosas. Algunas, por otra parte, han sido simplemente decepcionantes.

No, no me voy a poner tampoco aquí solemne hablando de la palabra «democracia» o de «Europa». Me refiero a palabras que tenían un sonido evocador en el significante que no se correspondía con el significado. Se trata de decepciones causadas por una fonética que no respondió a las expectativas semánticas. Tengo mi pequeña lista negra, de la que he seleccionado tres; una en alemán y dos en español.

La palabra alemana es «*Mangold*». Era leerla, y ver a Sigfried matando al dragón y bañándose en su sangre. Era una palabra de sonoridad wagneriana, con el oro del Rin en su terminación. Pero aprendí el idioma y, al descubrir que «*Mangold*» significa «acelga», Sigfried cambió la espada rutilante por una azada y empezó a trabajar en los campos de mi tío Quimet, que era conocido en el Prat como «el rey de la acelga». Bien, en realidad era «*el rei de la bleda*», en catalán. «*Bleda*» es todavía peor, porque significa también persona blandengue; por eso Carvalho le da ese nombre a su perrita tontorrona en *Los mares del Sur*.

La siguiente de mi lista desilusionante sería «ambigú». Sinceramente, también esperaba más de la palabra, con esa «u» final acentuada que le da un aire extravagante. Tenía que referirse a algo fastuoso, oriental, decadente. Es una de esas palabras que te metes en la boca y repites hasta que se funden, como las chocolatinas caramelizadas suecas con un nombre muy parecido: Marabou. Aunque tal vez debería haber sospechado algo sabiendo que, cuanto más te acercas a un marabú, menos cigüeña y más buitre parece.

La tercera es «extrañar». De cómo me desilusionó me acordé una mañana de primavera, en que tenía abiertas las puertas del balcón de mi estudio. Casi todos los días pasa por debajo un hombre que suele recorrer las calles de Sants en una bicicleta. En el cestito lleva un altavoz en el que va sonando alguna canción, generalmente romántica. Lleva también un micro en la mano y de vez en cuando canta partes de la canción, sobre todo los estribillos.

Durante semanas solía pasar cantando «Somos novios», de Armando Manzanero, pero un día se pasó a Dyango. La canción no la conocía, pero el ciclista cantante repetía al micro las palabras «Te extraño». Y esa canción me llevó a otra también añeja, «Corazón contento», de Palito Ortega, que yo recuerdo en la versión de Marisol.

Esta canción sonaba mucho cuando yo tendría unos diez años y recuerdo haberla cantado. Bueno, quizás solo canturreado, porque era muy tímida y que me oyeran cantar siempre me dio mucha vergüenza. Me gustaba la música, la voz de Marisol y también la letra, aunque había una parte que se me escapaba. Era la parte que venía después de «Si tú no estás, yo no tengo alegría», algo comprensible, ya que la canción afirmaba que alguien era como el sol de la mañana. Un sol agradable, acariciador, alegre. No el sol de un mediodía de agosto cruzando algún descampado. Así que hasta aquí bien, si te falta el sol de la mañana, pues es normal que te falte también la alegría. El problema era lo que venía después, cuando decía: «Yo te extraño de noche, yo te extraño de día». Ahí empezaba mi confusión, porque solo conocía un significado de la palabra «extrañar». En realidad, conocía el sustantivo «extraño» y el verbo «extrañarse», es decir, sorprenderse.

Cuando la cantaba —o la canturreaba, ya he dicho que era una niña muy tímida—, mi versión era más interesante y misteriosa, porque hablaba de alguien que se extrañaba sin parar, día y noche se extrañaba. Era alguien que vivía en un constante estado de asombro, una interpretación mucho más acorde con mi edad, ya que en la infancia se añoran pocas cosas, pero hay tantas que nos sorprenden... De modo que esa canción mal entendida me parece ahora el himno del estado de perplejidad constante en que vivimos cuando somos niños, cuando tantas cosas son nuevas, maravillosas, incomprensibles. Después, es decir, ahora, de adultos, entendemos el otro sentido y no nos queda más que extrañarlas.

Por otro lado, sería capaz de escribir un relato entero solo para poder usar con causa palabras como «protozoo», «paramecio» o «cilio». Todas ellas entraron en mi vida a través de los libros de la escuela. Estas tres concretamente vienen del libro de ciencias naturales.

«Cilio» se me coló una vez, pero fue por un error del programa de dictado que usé durante un tiempo para pasar al ordenador los textos escritos a mano. La palabra que dicté era «cirio». Se trataba de los cirios que rodeaban el ataúd de una niña. Pero el programa decidió que el ataúd estuviera rodeado de cilios. En cuanto leí lo que aparecía escrito en la pantalla, la niña muerta se fue flotando por el agua, movida por cilios coordinados como remeros ingleses. Bastó cambiar la consonante equivocada para devolver a la muerta al cuarto de la casa en el que lo estaban velando y hacer que la iluminase la luz temblona de los cirios.

El paramecio ya ha encontrado su lugar en otras líneas de este libro.

Vamos a ver si de aquí al final, haciendo gala de nepotismo léxico, logro colocar al protozoo.

10
Vivir en tres lenguas

Mi mirada y mi voz se han moldeado con la experiencia de vivir treinta años en Alemania. Durante todo ese tiempo fui extranjera y viví en una tercera lengua, algo que agudizó aún más el relativismo observador que me regalaron tanto los frecuentes cambios de escuela como el bilingüismo.

La vida en una tercera lengua también transformó la relación que tenía con las otras dos, el catalán y el castellano, aprendidas a la vez, aunque en lugares y de maneras distintas.

Cada una de mis tres lenguas ocupa espacios diferentes. No se trata de una jerarquía, sino más bien de un mapa en el que los territorios fronterizos se solapan. Son territorios construidos de experiencias, lugares, personas, afectos diferentes.

Hay un puñado de amigos con los que puedo hablar las tres. Entre ellos está Angélica, mi amiga de la infancia. Mientras caminábamos por las calles del Prat comiendo chucherías, no podíamos imaginarnos que ambas acabaríamos viviendo en Alemania. Cada una se marchó por motivos diferentes y a lugares muy alejados uno del otro. Ella, al sur, cerca de Stuttgart. Yo, al norte, a Berlín. La suerte —es lo que tiene haber nacido en domingo— nos reunió unos años más tarde en Frankfurt.

Nos conocemos desde que teníamos diez años. Nos unieron los libros o, mejor dicho, el intento de nuestros padres de que por lo menos los sábados por la tarde no los pasáramos leyendo. Por eso nos apuntaron a un grupo de *scouts*, al llamado «*cau*». No me acuerdo apenas de qué hacíamos, recuerdo que llevábamos un pañuelito azul y amarillo anudado al cuello, que hacíamos excursiones, que eran católicos, pero progres, que cantábamos y poco más. También que el primer día me senté al lado de una chica que, como yo, tenía pinta de estar algo desubicada allí. Nos pusimos a hablar y descubrimos muy pronto que a las dos nos gustaba mucho leer y nos encantaban los libros de Enid Blyton. Le dije que yo tenía varios.

—Si quieres te los presto.

Así empezó nuestra amistad.

Los primeros libros los metimos de contrabando en su casa. Años más tarde, la madre de Angélica —que, aunque no quería que su hija se pasara el tiempo leyendo, era, en realidad, una lectora tan voraz que al jubilarse participaba en varios clubes de lectura de la biblioteca del Prat— recordaba mi aparición en su casa: una niña con unas gafas muy gruesas y el pelo muy corto, que caminaba muy raro, con los brazos pegados al cuerpo, como si imitara al monstruo de Frankenstein. Le confesé entonces que llevaba los brazos así porque sujetaba los dos libros escondidos debajo de la chaqueta que colamos en su casa y ocultamos debajo del colchón.

A su madre le alegró mucho que Angélica tuviera una amiga catalanohablante. Ella, originaria de Granada, lo hablaba a la perfección, y quería que su hija lo practicase. Pero Angélica y yo nos habíamos conocido en castellano y, cuando nos pidió que hablásemos entre nosotras en catalán, ya no podíamos cambiar de lengua.

Lo intentamos, porque a la madre de Angélica costaba llevarle la contraria. Recuerdo un largo silencio sentadas en un banco. Las dos buscando las palabras para empezar la conversación en catalán. De pequeñas éramos de esas amigas que se pasaban horas caminando y hablando y que, tras despedirnos, nos llamábamos por teléfono para seguir. De modo que el problema no era la falta de temas ni de capacidad de hablar. De pronto, una dijo:

—*Mira quants núvols!*

No recordamos cuál de las dos soltó esa frase («¡Mira cuántas nubes!») más propia de dos jubiladas que de dos niñas de once años, pero lo siguiente fue una car-

cajada y volver a conversar con naturalidad en castellano. Durante ese largo silencio se nos habían acumu-
lado muchas palabras.

En cambio, con mi bisabuela sí que hablaba siempre en catalán. Tampoco había otra opción, porque
a mi bisabuela el castellano le costaba mucho. Su castellano consistía en poner la voz más grave y meter
muchas oes al final de las palabras. Nunca consiguió
aprenderse el nombre de Angélica, que para ella fue
siempre Eugénica. Hay gente (usted no, don Jesús) que
sí puede cambiarnos el nombre porque, al hacerlo, nos
da uno que contiene los afectos compartidos.

Podemos hablar catalán, castellano o alemán entre
nosotras. De hecho, cambiamos de lengua si hay otros
interlocutores presentes y es necesario, pero el castellano es la lengua natural de nuestra comunicación,
en la que recordamos vivencias compartidas, amigos
comunes, todo lo vivido en medio siglo de amistad.

Muchos sábados por la tarde íbamos juntas a la biblioteca del Prat, ubicada en una antigua casa de indiano
que había quedado rodeada de bloques de pisos. Leía-
mos un libro entero por sesión. La primera que terminaba esperaba a la otra leyendo un *Astérix*. Era preferible que fuera yo, porque Angélica tiene una risa
incontenible y muy sonora, de modo que, si era ella

quien se ponía con el tebeo, las probabilidades de que nos echasen de la biblioteca eran bastante altas. Nos expulsaban juntas; si alguien se reía, era porque otro tenía que haber dicho o hecho algo.

—Tú y tu amiga, a la calle.

A la bibliotecaria, mujer de poca fe en los tebeos, no se le ocurría que la risa se debía a la cara de susto de un romano. Aunque yo era inocente, nos marchábamos las dos muertas de vergüenza y de risa.

Ella, por su parte, abandonó las clases de piano cuando la expulsada fui yo.

Las impartía en su casa una señora que era organista de la iglesia del Prat. Llevaba unas gafas muy gruesas, que, a diferencia de las mías —en las que los ojos se veían muy lejanos, como hundidos en un túnel de cristal—, le hacían unos ojos enormes. Para compartir el gasto de las clases —y para ir juntas—, decidimos partir entre las dos la hora de lección. En la primera clase intenté impresionar a la profesora con una técnica que había visto en las películas de los Hermanos Marx. Era un movimiento de Chico Marx, quien, en vez de levantar y desplazar la mano para seguir ascendiendo o descendiendo, la giraba y tocaba la siguiente nota con el pulgar. Estaba convencida de que tal alarde técnico, copiado de quien yo consideraba un consumado pianista, dejaría bien claro mi talento a la profesora, pero, en cuanto lo hice, esa señora, que no estaba precisamente dotada del sentido del humor, me echó del piano, del comedor y de la clase. Tuve que esperar a oscuras en el pasillo a que acabara la mitad de la clase que le correspondía a Angélica. Al salir, la profesora me gritó que no regresara nunca más. Angélica tampoco lo hizo. Volvimos a los libros y a los tebeos.

Cuando leía los tebeos de *Astérix* de pequeña se me escapaban muchas cosas, algunas por la edad, otras porque eran alusiones culturales que no conocía. Otras eran comprensibles, como lo que sucedía en *El escudo arverno,* donde Astérix y Obélix acompañan a Abraracúrcix, el jefe de la aldea, a un balneario para tratarse el hígado, tan estragado tras los excesos en los banquetes que basta un leve roce para que salte aullando de dolor. Entendía las razones de la dolencia del jefe, la lista de lo que era «malo para el hígado» —beber demasiada leche, el exceso de carne o mariscos, los quesos, los fritos— formaba parte del catálogo de advertencias familiares que, apoyadas en ejemplos espeluznantes sobre las consecuencias, nutrieron miedos y manías de los que cuesta desprenderse, a pesar de la alianza en su contra de ciencia, experiencia y psicología: comer fruta verde, muerte con cólicos dolosos; comer demasiadas pipas de girasol, muerte por leucemia; no masticar bien la comida, muerte por asfixia;

abrir la nevera con los pies descalzos, muerte por electrocución y, según el relato materno, entierro en ataúd minúsculo porque el cuerpo carbonizado se encogía. Lo del dolor de hígado era inocuo comparado con lo que podía acarrear incumplir cualquiera de las otras, pero tampoco se me ha olvidado.

Me acordé de esto y de *El escudo arverno*, cuando durante una comida con compañeros del departamento de Lenguas y Literaturas Románicas de la Universidad de Frankfurt, un compañero francés comentó que alguno de los alimentos era perjudicial para el hígado.

—¡Vosotros, los romanos, y vuestros hígados! —exclamó una profesora alemana de lingüística francesa.

«Vosotros, los romanos, y vuestros hígados» me devolvió a la biblioteca, a la lectura de los tebeos de *Astérix*, y me reveló varias cosas.

La primera, que, vistos desde el norte, o desde el ámbito germánico si se quiere, los aludidos, un docente francés, la lectora de italiano y yo, que era la lectora de español, éramos «romanos», en el sentido de descendientes lingüísticos y culturales de los romanos. En ese momento, aunque las diferencias entre nosotros eran patentes, la colega alemana nos encontraba un vínculo cultural común, más allá de los orígenes latinos de nuestras respectivas lenguas: el hígado.

Así que uno de los denominadores comunes de los «romanos» era nuestra preocupación por el hígado, sobre todo por su buen funcionamiento. Para los alemanes, en cambio, el hígado no parece ser un órgano de especial interés.

Conocer una cultura es también conocer sus miedos e inquietudes; entre ellas, sus enfermedades y sus formas de hablar de ellas. Si los «romanos» tenemos el hígado, ¿qué les duele a los alemanes? Pues bien, en Alemania la gente habla de los problemas que tiene con el denominado *Kreislauf*. Los fenómenos o las circunstancias que afectan ese *Kreislauf* pueden ser los cambios bruscos en la presión atmosférica, las muchedumbres, el calor, los sobresaltos..., y los síntomas son mareos, desfallecimiento, incluso el desmayo. Algo, pues, sumamente sensible, si bien no es un órgano, sino la tensión arterial.

Las enfermedades que tememos dicen mucho de nuestras culturas. Tienen un valor simbólico. Tal vez los «romanos» nos preocupamos por las consecuencias que los excesos puedan tener en el órgano que nos limpia, porque nos da, de algún modo, la absolución por todos nuestros «pecados». Los germanos, por su parte temen perder el control sobre sí mismos, quedar inconscientes, desvalidos, a merced de otros.

He vivido y sigo viviendo entre culturas, lo que me ha llevado a adoptar nuevos hábitos, pero en el caso de los órganos sensibles culturalmente, me quedo con el hígado. Lo del *Kreislauf* no ha llegado a tocarme. Las visitas de las amigas de mi bisabuela tomándose buenos lingotazos de Agua del Carmen, tanto si tenían la tensión alta como baja, me han hecho inmune. Tampoco he adquirido la obsesión germánica por evitar las corrientes de aire.

«¿Es usted griega?» Es una pregunta que me hicieron muchas veces en Alemania. Así descubrí que el acento de los griegos y los hispanohablantes en alemán se parece mucho. Mi alemán es correcto gramaticalmente, adecuado desde un punto de vista pragmático, con muchos registros, pero tengo el acento pegado en la garganta y en la boca; un acento en el que las eles palatales catalanas despistan un poco, pero que, sea como sea, me marca como hablante no nativa, con un «Tú no eres de aquí». Una sensación que me ha acompañado toda mi vida, incluso antes de ser extranjera, y que ahora, como retornada, entiendo que no es un estado sino una forma de ser.

Es muy difícil perder el acento. Tampoco creo que sea necesario. A no ser que seas un espía. En las ficciones a veces aparecen agentes de los que se afirma que hablan varias lenguas extranjeras «sin acento», y los vemos haciéndose pasar por franceses o polacos sin que los interlocutores noten nada sospechoso. Algo tan fantasioso como el hecho de que no se les vea ni un moratón después de una dura pelea a puñetazos.

Auténticos fenómenos, porque al resto nos salen cardenales con un solo topetazo con el canto de una mesa. Yo no quiero espiar, quiero usar bien las palabras, descubrir sus connotaciones culturales, hacer cada vez más cosas con ellas.

Pero las palabras no son inocentes, con ellas se va asimilando también una nueva cultura. Y toda cultura arrastra consigo una enorme carga de prejuicios y estereotipos que se cuelan como polizones y se van infiltrando sin que nos demos cuenta.

A medida que mi oído para el idioma alemán se afinaba, distinguía cada vez mejor las diferencias dialectales. El acento bávaro empezó a sonarme pesado y lento; el sajón, tosco; el vienés era estirado y arrogante; el berlinés, duro y proletario; los suizos parecían siempre estar preguntando, el acento de Colonia tenía un aire carnavalero, como si fueran cualidades intrínsecas de determinadas pronunciaciones. Yo, extranjera, había adquirido los prejuicios culturales alemanes.

Fue el momento en el que decidí que me plantaba, que bastante tenía con los prejuicios traídos «de casa». No se trata de cargar con un paquete de prejuicios nuevos, al contrario, la distancia crítica que otorga moverse entre culturas me permite sacarme las gafas invisibles que mi propia cultura me ha colocado ante los ojos. Estas, al contrario de las que llevo encima de la nariz, sí que puedo, y tengo, que quitármelas para ver el mundo. La mirada crítica es el privilegio de los desubicados.

Por más inmersa que haya vivido en la otra cultura, siempre quedaba una distancia, que podía ser muy sutil, pero existía. Esta leve separación constituye también una distancia de seguridad.

Y es que la tercera lengua, el alemán, no la llevo tan pegada a la piel como las otras dos, que, como el papel adhesivo con que forré mi ejemplar de *El Corsario Negro,* se ha fusionado con el cartón de la portada, con el lomo del libro, con los cantos, y no puedo separarlo sin arrancarlo todo, sin destruir el libro. Entre el alemán y yo quedará siempre una distancia, aunque a veces sea tan fina como una capa de papel cebolla o unos milímetros de humo. Esta leve separación es también una distancia de seguridad, una capa protectora; en la otra lengua lo que se dice duele menos y es posible nombrar lo más difícil. Las palabras marcadas negativamente están limpias en la otra lengua y pueden volver a usarse sin regustos desagradables. Aunque la traducción reverbere al fondo, sientes que las estás estrenando.

En la galería de los recuerdos apenas guardamos los momentos en que aprendimos o pronunciamos por primera vez una palabra en nuestra lengua materna.

Esa sala del museo está casi vacía. Lo único que conservo en ella es una patente falsificación, un relato ajeno: mi bisabuela enseñándome los nombres de los colores en catalán.

En cambio, en las lenguas adquiridas más tarde se puede recordar el momento en que se usó por primera vez una palabra concreta o se logró construir una estructura sintáctica compleja sin errores. Cuando eso sucede, tal vez el interlocutor detecte un destello en la mirada que no sepa cómo interpretar. Y es que justo en ese segundo una palabra nueva acaba de pasar por tu boca y notas su sabor. Mientras sigues conversando, una segunda voz resuena en tu interior: «Ya es tuya».

Transitar entre lenguas comporta la perenne conciencia de que los significados no se corresponden a la perfección, incluso cuando parece que las palabras se solapan, quedan unos milímetros de diferencia, las connotaciones son diferentes. De esta certeza nace el nombre de uno de mis personajes, la comisaria hispano-alemana Cornelia Weber-Tejedor. Sus dos apellidos significan lo mismo. Pero no. Aunque suene a perogrullada, no es lo mismo un tejedor alemán que uno español. Del mismo modo que para este personaje, educado entre dos culturas, tampoco es lo mismo decir «bosque» o «*Wald*». El bosque es el bosque gallego de su madre, que ella le ha llenado de seres fantásticos y que es mejor no transitar de noche por si acecha el lobisome. El *Wald* es el bosque alemán del padre, igual de denso, pero la densidad de ese bosque es el refugio romántico del espíritu atormentado, el lugar donde se encuentra a sí mismo y no al feroz lobisome. Y si aparece algún animal entre la maleza, será como mucho un jabalí.

Moverse entre varias lenguas es descubrir que las posibilidades de unas son las carencias de las otras. Es estar escribiendo un borrador a mano en el cuaderno y que se presente una palabra en alemán porque la palabra en castellano no quiere venir. De modo que acabas escribiéndola en alemán para no interrumpir el flujo.

Es descubrir, al pasar el texto al ordenador, que es muy difícil arrancarla de allí, que se resiste. «Soy la palabra justa, soy el sustantivo preciso, soy el verbo perfecto, soy el adjetivo que necesitas», se oye en el aire mientras las manos siguen suspendidas sobre el teclado esperando la correspondencia en castellano. «Eso que vas a poner en mi lugar es un miserable sintagma preposicional.» Sí, la maldición de las lenguas románicas.

Algunas veces, por prisa o pereza, he dejado la palabra o la frase alemana en el texto pasado al ordenador. No parecía grave, era solo una primera versión.

Pero parecía que el corrector de textos subrayaba esos cuerpos extraños con un rojo más intenso. ¡Alarma! ¡Alarma! Tenemos una intrusa. Por eso era mejor que nunca llegaran al ordenador. Era preferible no seguir adelante hasta haber encontrado las palabras a las que supuestamente sustituían. En algún momento aparecen. Y en casi todas las ocasiones encajan en su lugar, pero algunas quedan como una pieza de puzle que no acaba de ocupar el hueco porque le falta algún trocito. Noto el pequeño vacío en la siguiente lectura del texto; en ese punto todavía resuena la palabra perfecta que fue expulsada. La reverberación se atenúa con cada nueva revisión, hasta que solo queda constancia de la intrusión lingüística en el cuaderno original, donde dormirá entre otras páginas marcadas con un ganchito rojo que indica que ese texto ya fue pasado al ordenador.

Si releo el cuaderno, no podré olvidar que esa era la palabra precisa, la que necesitaba y no pude usar. Recordaré entonces las palabras de Sylvia Molloy en *Vivir entre lenguas:* «A pesar de que tiene dos lenguas, el bilingüe habla como si siempre le faltara algo, en permanente estado de necesidad».

11
De los deportes y de trabajos tristes

Vengo de una familia aficionada al deporte. Mi abuelo jugó al fútbol, mi padre y mi hermano, al baloncesto. A mí, a pesar de mi metro sesenta, también me habría gustado jugar al baloncesto, pero el oculista me prohibió todo deporte de contacto porque mis ojos son demasiado frágiles. Así que me tuve que conformar con correr y, ya puestos, correr distancias largas. Eso me dio un buen fondo, algo que resulta útil cuando llegas al mundo de la escritura, si bien sigo pensando que es mucho más divertido correr tras una pelota.

Cuando éramos pequeños, nuestros padres nos llevaban muchos fines de semana a ver deportes, no solo fútbol o baloncesto, también competiciones de atletismo, natación, balonmano e incluso deportes minoritarios como el rugby o el béisbol, donde compartíamos las gradas los familiares y amigos de los jugadores, la familia Ribas y, en el caso del béisbol, algunos turistas japoneses.

Estas salidas familiares obedecían a dos razones. Una era que para mi padre conocer las reglas básicas de los deportes forma parte de la cultura general. La otra, no menos importante para una pareja con tres niños y pocos recursos, era que el precio de la entrada solía ser simbólico cuando no gratuito. Un bocadillo, un refresco por niño y programa completo para una tarde de sábado o una mañana de domingo.

A veces íbamos a ver torneos completos, de modo que podías comparar y observar diferencias entre los equipos. Así, mientras mi hermano se enamoraba instantáneamente de las jugadoras francesas de voleibol y gritaba «*Allez France*» durante todos sus partidos, yo empezaba a entender que, más allá de las meras reglas, lo atractivo eran las estrategias, descubrir cómo jugaban y por qué lo hacían así, por qué a veces funcionaban y en otras ocasiones fracasaban, que incluso lo que parece más elemental, como lanzar un tiro libre en el baloncesto, no es un mero acto mecánico. ¿Cómo pueden fallarlo? Ni la distancia cambia, ni hay obstáculos ni el aro se mueve o encoge. Pero el público grita, tu equipo está perdiendo, te duele el brazo, se te ha cruzado un pensamiento por la cabeza...

También aprendí que, por más bonito que sea un deporte, por más que conozcas las reglas y las estrategias, no te toca si no tienes un favorito. Puedes llegar a apreciar la estética, la belleza de una forma de nadar o saltar con la pértiga, la elegancia al correr, la matemática de una táctica, pero no te emocionará si no quieres que alguien gane (o pierda, eso también vale). Sucede lo mismo con los libros, cuando en una narración te resulta indiferente que los personajes lleguen a alguna parte o consigan sus propósitos, por más que corran y se afanen página tras página.

Me encantaría recordar cómo quedó el equipo francés en esa competición de voleibol, y saber si quizás alguna de las jugadoras se acuerda de haber jugado en un pabellón casi desierto en Barcelona en el que un chavalín rubio se desgañitó animándolas.

La vinculación familiar con los deportes me sirvió para encontrar un modo de ganar algo de dinero mientras estudiaba en la universidad: me hice árbitro auxiliar de baloncesto. Tres partidos los domingos por la mañana; algunas semanas, si me llamaban también para el sábado por la tarde, eran seis.

Muchos domingos, pues, me tocaba madrugar para hacer de anotadora en tres partidos de la liga regional catalana. Lo hice durante cuatro años y, por haberlos visto tantas veces, conservo algunos gestos arbitrales: cuando noto ánimo de ofender en una persona, me agarro la muñeca, la señal de falta personal intencionada, o cierro el puño derecho y extiendo tres dedos de la izquierda para indicar el número trece.

Recuerdo todavía con horror la ocasión en la que, al finalizar un partido, una turba de energúmenos intentó agredir al árbitro, quien tuvo que salir corriendo de la cancha y meterse en la caseta. Lo acompañamos los dos auxiliares de mesa. El crono, un señor mayor, del que recuerdo las manos, curtidas, con manchas, y yo, que era la anotadora.

Era una sensación claustrofóbica, estábamos sitiados, encerrados en el vestuario, que olía a lejía y a humedad. El crono y yo nos sentamos en una banqueta de madera. Él apretaba el cronómetro con fuerza y, a veces, sin querer, tocaba un botón y lo ponía en marcha, pero enseguida lo devolvía al cero. De modo que nunca sabremos cuánto tiempo nos tocó pasar allí. Yo me apoyé una carpeta en las rodillas y le di la vuelta al acta en la que había anotado el transcurso del juego: nombres y dorsales de los jugadores, puntos y faltas. En eso deberían haberse quedado mis anotaciones. Nunca era bueno tener que escribir en la otra cara del acta; allí solo se recogían incidencias e insultos. Puse el papel carbón entre las hojas. En este punto entra la banda sonora de mi recuerdo: golpes furibundos en la puerta de madera, gritos, insultos rabiosos, amenazas de muerte, sonidos inarticulados, una mano que aporreaba el cristal de un ventanuco alto con una rabia maníaca.

Del árbitro, solo un par de años mayor que yo, guardo sobre todo la imagen de los pies, de sus zapa-

146

tillas yendo y viniendo mientras dictaba atropelladamente el texto que debía recoger en el acta. Y, mientras los gritos e insultos de la horda se colaban en el
cuarto, chocaban con las paredes, resbalaban por los
baldosines de la ducha, me esforcé por redactar de
la mejor manera posible el texto. Los puntos, las comas, los dos puntos, las comillas, los paréntesis se
convirtieron en mis aliados y mis protectores. La sin-
taxis es cordura. Estructurar las frases, marcar las ci-
tas, ordenar las enumeraciones me dio aire. «Las comas son una pausa para respirar», había aprendido
en la escuela. Mientras ponía comas (no sé si la situación me permitiría el lujo de un punto y coma),
podía respirar, ganarle el pulso al ruido que quería
asfixiarnos.

En algún momento llegó la policía y la jauría se
dispersó. Seguramente se irían ufanos a tomarse el
aperitivo y después se comerían los canelones del domingo. Volverían a su vida cotidiana, que, no puede
ser de otra manera, debía de ser una vida de mierda
si habían tenido que «desfogarse» insultando y ame-
nazando a un joven, a un señor mayor y a una chica
de veintiún años.

Me gustaría tanto poder decir que, armados con
un silbato, un cronómetro y un bolígrafo, ganamos
nosotros, pero no es verdad, solo salimos indemnes.
Y, mientras tanto, esa gente ha criado a la siguiente
generación de energúmenos.

En su libro autobiográfico *La hora de la verdad (Un año de mi vida)*, P.D. James cuenta que, con diecisiete años, empezó a trabajar en una agencia tributaria. Aguantó unos dieciocho meses y lo recuerda como una época miserable de su vida, tiempo gastado en un trabajo monótono y embotador. «Aquellos meses de servidumbre fueron tal derroche de juventud, entusiasmo e idealismo.» Pero, con todo, concluye: «Sin embargo, el tiempo que pasé en Ely Tax Office no fue del todo en vano. Nada de lo que le sucede a un novelista lo es».

Es siempre un consuelo, aunque hay veces en las que querrías decirle a la vida que de momento ya está bien, que tu depósito de experiencias está bien abastecido, que no hace falta que embuche más, que el hígado de tu imaginación no es para hacer *foie gras*.

Aparte de los trabajos en la época estudiantil, casi toda mi vida laboral ha tenido que ver con la lengua, sea dando clases de literatura, enseñando español como lengua extranjera, investigando, traduciendo o escribiendo. Todas ellas son ocupaciones mal pagadas, pero, en principio, gozosas. Y, sin embargo, uno de los trabajos más tristes que haya tenido nunca estaba relacionado precisamente con la mediación entre lenguas diferentes.

No lo parecía en principio, sonaba incluso divertido y, además, lo pagaban medianamente bien, pero duré muy poco en la agencia de comunicación en Berlín, en la que mi tarea consistía en traducir cartas del español al alemán y redactar en español las respuestas que me dictaban en alemán. Tal vez la brevedad de mi paso por la empresa guardase relación con el hecho de que empecé en noviembre, un mes especialmente gris en esas latitudes, donde anochece muy pronto. Para completar el escenario, hay que añadir que, en general, en Alemania las calles están muy poco iluminadas por las noches, lo que no contribuía a levantarme el ánimo cuando salía de los encuentros con mis dos únicas clientas.

Mi primera clienta fue una mujer alemana a la que tenía que traducirle una carta de amor escrita en español. Ella y el remitente de la carta se habían conocido durante unas vacaciones en Gran Canaria. Ni él hablaba alemán ni ella sabía más español que un vocabulario turístico elemental. En la cartita, él rememoraba con cariño los buenos momentos compartidos. La traduje, ella se puso muy contenta y me dictó una respuesta ilusionada, que yo traduje al español para que ella la copiase y la enviara de su puño y letra.

Me llamó en cuanto recibió la respuesta. La siguiente carta de él era también cariñosa, pero hablaba de las dificultades de la distancia y de que los buenos momentos empezaban a formar parte del pasado. Ella, que incluso había hecho planes para empezar una nueva vida en España, me dictó una carta en la que, haciendo caso omiso de las señales, hablaba de un próximo encuentro y de que valdría la pena esperar hasta entonces.

El tercer intercambio no le permitió seguir negando lo que él expresó esa vez con mayor claridad, pero ella continuó luchando. La cuarta carta fue la despedida. Salí de la casa de mi clienta después de haber escrito una tristísima respuesta de aceptación, que tuvimos que interrumpir varias veces porque ella no podía contener las lágrimas. Realmente le costaba entender que la distancia geográfica se pudiera interponer entre ellos cuando una distancia mucho más determinante, como es el hecho de no compartir el mismo idioma, no lo había hecho.

Cuando pasé la factura a la agencia, me dieron un encargo nuevo.

Esta vez me tocó directamente la carta de despedida. La mujer que me la dictaba mantenía desde hacía un tiempo una relación con un hombre en España y se veían solo ocasionalmente cuando ella viajaba para visitarlo. La lengua común de comunicación era el inglés, pero para decirle lo que había estado reflexionando en el avión durante el último viaje de vuelta prefería expresarlo en alemán y que se tradujera al español, ya que el inglés no era la lengua de ninguno de los dos y siempre sentía una distancia respecto a lo que se decían en esta lengua. Ella había preparado el texto por escrito, pero quería leérmelo en voz alta antes de que lo tradujera para que su voz me diera los matices de lo que quería comunicarle al hombre del que se estaba separando. Estuvimos trabajando un par de horas en una cafetería hasta que tuvimos el texto. Después, yo la dejé allí mientras ella copiaba cada una de las palabras. Fuera era de noche y ya era diciembre.

Pasé la factura a la agencia y me despedí. Ahí se acabó para mí el trabajo como traductora de cartas.

Sigo esperando que esta triste experiencia encuentre su sitio en algún relato, en alguna novela.

12
De grafito y mala letra

Escribo a mano y a lápiz. Es una forma de escritura mucho más lenta que el teclado, y eso da tiempo a que surjan ideas inesperadas, palabras sorprendentes que sugieren otros caminos, que la mano está dispuesta a seguir, dejando de lado la voluntariosa planificación precedente.

Empujando el lápiz —los zurdos los empujamos; los diestros tiran de ellos—, las palabras se suceden, se dibujan como si hubieran estado esperando apelotonadas en la mina. Salen acompañadas del raspado del grafito sobre el papel y de los golpecitos de los puntos o los acentos. Escribo en una vieja mesa de cocina que me regaló mi amiga Cornelia, el tablero es ancho y hueco; sobre él los puntos y los acentos resuenan como si el lápiz fuera un pájaro carpintero.

A mucha gente le asombra que escriba a mano y a lápiz las primeras versiones de mis textos. A mí me admira saber que hay autores que redactaron sus textos a máquina y que, además, muchos escribieron o escriben con uno o dos dedos.

Cuando escribo a mano, es cuando siento que estoy escribiendo. Es algo similar a lo que describe David Sedaris al referirse a su máquina de escribir: «Al contrario del sonido sordo que provocan los dedos al deslizarse por un teclado de ordenador, el traqueteo de la máquina de escribir sugiere que estás creando algo de verdad. Al final de un día asqueroso, en lugar de lamentar mi nada virtual, puedo echar un vistazo a la papelera rebosante de cuartillas y decirme a mí mismo que, si he fracasado, al menos me he llevado unos cuantos árboles en el intento».

En mi caso, es la sensación de que el cuerpo y las palabras trabajan juntos. La mano derecha sujeta un poco el papel, la izquierda empuña el lápiz, la cabeza se inclina «como solo la escritura es capaz de inclinar una cabeza», en palabras de Fabio Morábito, y entonces aparecen las letras y desaparecen las partículas flotantes delante de los ojos, el ruido se atenúa. Ahora mismo, mientras escribo, hay una perforadora solo a dos pisos de distancia, pero el raspado de la mina cubre el ruido y empiezo a pensar que estoy estirando esta frase para no tener que levantar de nuevo la cabeza y dejar mis oídos expuestos a la máquina sin la protección del lápiz.

La mina de un lápiz es una mezcla de grafito con cera y arcilla en diferentes proporciones para darle mayor o menor dureza. El grafito es una forma del carbono, como el diamante, ambos producto del metamorfismo de los sedimentos orgánicos. En una ocasión leí que, en el caso del grafito, se trataba de sedimentos marinos. La idea de que la mina de los lápices con los que he escrito el manuscrito de este libro contenga, además de algas, trazas microscópicas de un pez abisal de otra era geológica me gusta tanto que no pienso comprobar esta información.

Al escribir, la masa de grafito y arcilla se queda adherida a los surcos que traza la mina sobre el papel. Me gustaría observar mis letras a través de un microscopio, ver los surcos, las irregularidades, los montículos..., el paisaje de letras.

Por fuerza, la fricción del lápiz tiene que producir calor sobre el papel. Un calor imperceptible para la mano, pero intenso para los bichos diminutos que a veces se pasean por los papeles. Me imagino que las tachaduras, que además se hacen con más fuerza, abrasan zonas de la hoja, que quedan negras como un bosque calcinado. Y que la goma de borrar tiene que ser como la explosión de una bomba, que todo lo arrasa y deja a su paso un rastro de virutas negras de grafito y polímero de vinilo.

Escribo en cuadernos de octavo sin líneas ni cuadros. A pesar de las partículas dentro de los ojos, prefiero que las hojas estén en blanco, que no haya marcas que me quieran imponer dónde tengo que escribir. Me gusta que el papel sea ligeramente rugoso, porque de este modo se oye el raspado de la mina. Además, si hay algo de fricción, escribo más despacio y después puedo entender mi letra. En más de una ocasión, incluso yo misma he desistido de descifrar lo escrito.

Dicen que mi letra es bonita. Supongo que, vista en conjunto, desde lejos, sin intentar leerla. También lo son mis ojos, pero los preferiría más útiles para ver y leer.

Escribo con la muñeca muy curvada y, a pesar de llevar toda la vida haciéndolo así, aún me duele si escribo mucho rato o muy rápido, por lo que de vez en cuando tengo que tomarme pausas. Aún recuerdo la vergüenza que pasé una vez por esta razón en una clase en la universidad. Teníamos un profesor pésimo, de los peores que pueda recordar, que se pasaba la clase dictándonos su propio libro. En una ocasión me detuve porque me dolía la mano y él detuvo entonces el dictado para encararme.

—Señorita, ¿no toma notas?

Ahora, como ese día después de la clase, se me ocurren respuestas perfectas, respuestas agudas, que ponen al tipo en su lugar, pero entonces me limité a levantar la muñeca dolorida, mostrarle que me la estaba frotando, coger el boli y seguir escribiendo para que la «clase» pudiera continuar. Al salir me compré su libro y no volví más.

Escribo pasando por encima de las líneas ya escritas. Después de una buena sesión de trabajo, tengo el canto de la mano y del dedo meñique manchados con rayas de grafito. El dedo cebra es un trofeo después de haber escrito mucho. Da pena tener que lavarlo, pero el agua fría es también un alivio para la mano cansada.

Escribo en esta posición rara e incómoda porque la maestra que me enseñó a escribir, la *senyoreta* Elvira, me cogía la mano por arriba para poder ver mis trazos, primero en el llamado «cuaderno de palotes» y después, cuando lo que dibujábamos ya eran letras, en un cuaderno de doble raya. Este recuerdo, genuinamente mío, se me mezcla con un relato de mi madre, gran aficionada a las historias morbosas. De pequeña, ella asistió al mismo colegio, cuando quien también fue mi maestro, el *senyor* Recasens, era joven y llevaba la escuela junto con su primera esposa, la *senyoreta* Cèlia, que daba clases a las niñas. A mi madre le gusta contar que un día, durante la clase, la *senyoreta* Cèlia no se sintió bien, se levantó y murió de un infarto. El relato tiene múltiples variaciones, por eso no sé si ella estaba presente o no; a veces parece que sí. También cambian los escenarios: en una versión, la maestra se murió en el aula dando clase (estoy casi segura de que esta es falsa, pero es la favorita porque es la más dramática), en otra, en el pasillo de la escuela, y en una tercera en su casa, que estaba en el mismo edificio. Sea la variante que sea, las cuenta con tal viveza que no sabría decir cuántas veces he visto morir a la *senyoreta* Cèlia.

Pero esta historia me ha llegado más tarde y no es mía. La mía es la de la lucha denodada de la *senyoreta* Elvira por enseñar por primera vez a escribir a una zurda. Cuando llegó el momento de la caligrafía, desistió, ya que los ejercicios se hacían con pluma y los zurdos no podemos usarlas. De modo que mi letra se desarrolló de un modo silvestre, y en el siguiente colegio, donde no había clases de caligrafía porque éramos unos cuarenta chavales por aula, los profesores tuvieron que bregar con ella. Era tan incomprensible que más de una vez me senté al lado del profesor para leerle mi examen en voz alta. Era como si escribiera en una lengua extranjera o inventada y fuera necesario traducirme.

Cuando escribía cuentos en el colegio, me hacían dictárselos después a Julita, una compañera que tenía una letra redonda y pulcra. Luego le entregábamos al profesor la copia en limpio. Tras leerlo, a las dos nos ponía la misma nota, un diez. Aunque el profesor no me había quitado nada, porque no partía la nota por la mitad, yo no podía dejar de sentir que no era justo, que su diez y el mío no valían lo mismo. La idea había sido mía, yo había escrito todas las palabras, aunque en mi papel parecieran gusanos deformes; también el título, que ella había pintado de colores, se me había ocurrido a mí.

La lección del diez de Julita fue muy útil cuando empecé a publicar y vi cómo se repartían los beneficios del libro. Tal vez los profesores ya veían en mí a la futura escritora, y me daban esa enseñanza indirectamente, como en una parábola, porque hay cosas que no se le pueden decir de forma abierta a una niña en edad escolar.

Corrijo, por supuesto a mano, con unos lápices rojos muy cremosos, que se adhieren al papel con los dientes insobornables de un perro guardián bien alimentado. Cuando vivía en Alemania, los compraba en el establecimiento de Faber-Castell en la zona de tiendas de lujo de Frankfurt. Aunque lo hacía por una necesidad genuina, accedía allí con cierta sensación de no pertenencia a ese lugar. En realidad, un dependiente trajeado me vendía un lápiz de colores, pero mientras yo lo pedía: «Tiefrot - Deep Red 223», me sentía transportada a mis años de estudiante, cuando entraba en la librería Documenta en la calle de Santa Anna y pensaba que los libreros, tan cultos, tan intelectuales, enseguida notarían que tenían ante ellos a alguien a quien le faltaban muchas, demasiadas lecturas. Alguien que había tenido, eso sí, la suerte de haberse criado en una casa llena de libros, pero que los había ido leyendo sin orden y sin guía, solo llevada por la casualidad o la curiosidad. Así que alguien que había ido pasando alegremente de Poe a Jardiel Poncela o de Papini a Vargas Llosa (en el primer salto más alegremente que en el segundo) se enfrentaba al abismo de sus carencias lectoras, puestas aún más en evidencia por compañeros de facultad de exquisita educación barcelonesa, que hablaban de algunos autores como si fueran parientes suyos que de vez en cuando los invitaban a merendar. Espero que por lo menos les sirvieran, como a mí mi tía, unos espantosos *pastissets* de cabello de ángel.

Con esa sensación de ser una advenediza, maravillosamente descrita por Javier Pérez Andújar en *Paseos con mi madre,* que arrastramos tantos de los que provenimos de las periferias, recuerdo que entraba en la librería y me obligaba a recorrer las mesas y las estanterías para refrenar el impulso de huida, mientras repasaba mentalmente lo que quería pedir y no equivocarme en el nombre del autor o en el título. Lo más peligroso eran los títulos largos, en los que las preposiciones pueden jugarte una mala pasada. Es muy fácil trastocar un «de» por un «en». Un pequeño error era un delator de tu ignorancia.

Ante el escaparate de Faber-Castell en Frankfurt, una exhibición de estilográficas y portaminas de precios desorbitados, también contemplaba la bellísima caja de dos pisos con ciento veinte lápices de colores acuarelables. Nunca anhelé poseerlos, no sé dibujar y no me gusta ver objetos de uso degradados a objetos de colección o decoración; me basta con mirarlos. Me sucede lo mismo en las mercerías con los tubos de botones y el expositor de hilos Gütermann, o al ver instrumentos musicales. También con las lagartijas, los grandes felinos y los paramecios.

Con la caja de lápices era tal la sensación de felicidad al imaginar a alguien usándolos, disfrutando de todos esos matices de amarillos, rojos, azules..., que se los regalé a la protagonista de una de mis novelas (no diré cuál) para compensarla de todo lo que le había hecho pasar en el relato. Una caja de colores de Faber-Castell y música de Tchaikovsky.

Cuando vivía en Alemania, iba casi todas las mañanas a primera hora a escribir a algún café. Antes de salir de casa ya sabía a cuál, de modo que el camino estaba claro y durante el trayecto me iba metiendo en el texto que estaba escribiendo. En cuanto me sentaba a la mesa, no tenía más que abrir mi libreta y empezaba a escribir. El café llegaba a mi mesa sin tener que pedirlo. Los sonidos del local, voces de gente, golpes de tazas y cucharillas, incluso la máquina que molía el café, se aliaban formando una especie de campana protectora que me aislaba de todo.

Tras mi regreso, busqué durante semanas un lugar así en Barcelona. Salía por las mañanas con mi cuaderno y mis lápices y me sentaba en diferentes cafés, en los que nunca aguantaba mucho rato. Siempre había algo molesto, la música, el griterío, los ruiditos de la tragaperras, la horrenda luz blanca... Hasta que entendí que mi búsqueda era en vano, porque lo que de verdad estaba buscando no era un lugar donde escribir, sino un trozo de Alemania que oliera igual y que tuviera los mismos sonidos, los mismos colores y las mismas voces de mi café en Frankfurt, para paliar la sensación de desarraigo.

Aprendí a iniciar la jornada de escritura en casa, sin el paseo matutino, pero sigo necesitando mover los pies cuando mi cabeza se atasca. Caminar me ayuda a pensar, pero no soy una buena paseante, tengo que ir a alguna parte, con algún objetivo, por más trivial que sea, que me indique una dirección. De este modo, la decisión más importante ya está tomada y la mente queda libre. Caminar lleva entonces a un estado asociativo, en el que las ideas se interconectan. Los estímulos son casuales, incluso cuando el paisaje urbano es del todo familiar, lo que puede salir al encuentro es impredecible. Los vamos captando y, de algún modo, se cuelan en lo que estás escribiendo esos días, no necesariamente de una forma directa, sino en el tono de las palabras. Como en *El paseo* de Robert Walser, donde el estado de ánimo del narrador se transforma en cuanto abandona su escritorio y su estudio. Sale a la calle y todo le parece brillante y luminoso. Me fascina el caminar sin rumbo del narrador, tan opuesto a mi forma de ser, y comparto con él la sorpresa de los encuentros, el modo en que recorre las calles observándolo todo, viendo cosas, encontrándose con gente.

Que con tanta frecuencia se haga referencia a que Walser murió mientras daba un paseo cerca de Herisau, el manicomio en el que estaba ingresado, lejos de parecerme un detalle morboso, me parece una muestra de respeto a la actividad de sus últimos años. Lo imagino como al protagonista de la hermosa novela corta *La historia del señor Sommer* de Patrick Süskind, ilustrada por Sempé con esos niños que caminan con la cabeza algo levantada, como siguiendo su nariz. El narrador, un niño, observa al señor Sommer, un hombre que camina y camina sin rumbo aparente durante horas, todos los días, sin que le importe si llueve, hace calor o nieva. El señor Sommer camina y el narrador intenta convencerse de que lo hace porque le gusta, del mismo modo en que a él le gusta subirse a los árboles, aunque poco a poco va entendiendo que al señor Sommer no le queda más remedio que caminar.

Como a otros no nos queda más remedio que escribir, que ir empujando el lápiz sobre una hoja de papel en blanco. Es, en el fondo, igual de absurdo e igual de necesario.

13
De vasos campaniformes y errores

Cuando estoy escribiendo una novela o un relato, nunca se lo cuento a nadie. Temo que, de hacerlo, la historia se fije en una forma concreta, que se fosilice antes de haberla escrito y pierda la libertad de ir haciendo cambios sobre la marcha.

Para mí uno de los mejores mecanismos para grabar algo en la memoria siempre ha sido decirlo en voz alta. Si en la escuela tenía que aprenderme algo, se lo contaba a alguien de la familia, a algún amigo, y si no había nadie a tiro, me lo contaba a mí misma en voz baja.

En algún momento, por fin, nos dejaron tener mascotas en la tercera casa. Me refiero a mascotas algo más sociables y animadas que las tortugas de tierra que se paseaban por el jardín o el par de ranas que mi abuelo encontró dentro de una caja de verduras en el mercado y que, como buenos barómetros, nos avisaban de la lluvia inminente y de que había que recoger la ropa tendida. Las primeras fueron un gato y una perra, que entendían tan poco como las tortugas o las ranas, pero por lo menos te miraban cuando les hablabas y les repetías alguna fórmula matemática o química.

Mi hermano también se prestaba. Le gustaba tanto que le contasen cosas que le daba lo mismo de qué se tratara. En una ocasión, mientras hacíamos el camino al instituto por la mañana, le repetí lo que había estudiado para el examen de historia acerca de la cultura del vaso campaniforme (¡qué ganas tenía de usar alguna vez esta palabra!) en la Edad de Bronce. Recuerdo que bajábamos la avenida de Montserrat del Prat y que él seguía atento todas las explicaciones. De vez en cuando, yo paraba, cogía el libro y revisaba alguna información en voz alta. Así llegamos al instituto.

El examen fue bien, estupendamente gracias a mi oyente. Pero si todavía lo recuerdo entre todos los exámenes que se pueden llegar a hacer a lo largo de los años es porque ese día mi hermano también tenía un examen, para el que, siguiendo su costumbre, no había estudiado nada. Pero, ante la hoja en blanco, cogió el boli y escribió todo lo que recordaba sobre la cultura del vaso campaniforme en la Edad de Bronce. Seguramente, escribimos dos textos casi idénticos, pero nadie se dio cuenta. Su profesora le puso un seis porque «te has equivocado de lección, pero por lo menos has estudiado algo».

Me voy acercando al final de este libro y me acuerdo de una película con Charlton Heston y Rex Harrison, *El tormento y el éxtasis,* no porque sienta presión por terminarlo, como la que el papa Julio II, el personaje de Harrison, ejercía sobre Miguel Ángel-Heston para que se apresurara un poco en acabar la bóveda de la Capilla Sixtina. No. Es porque al releer los capítulos entreveo las huellas que han ido dejando las lecturas que me acompañaron durante la redacción. También las de las lecturas hechas antes de ella; mucho antes incluso de pensar en ser escritora. Todos los autores somos hijos de otros autores. O nietos. O sobrinos. O su gemelo malo. Todo lo que he leído a lo largo de mi vida está en estas líneas citado o fagocitado.

También la película con Charlton Heston.

Se dice que, tras sufrir una intoxicación alimentaria, el cuerpo puede desarrollar una especie de hipersensibilidad que hace que sufra una reacción alérgica cuando vuelve a ingerir el alimento que la provocó, aunque esté en buen estado. Una de las presentaciones de mi primera novela, *El pintor de Flandes,* fue una intoxicación de dos ingredientes a los que ya antes tenía poca tolerancia: la pedantería y la solemnidad. Después desarrollé la alergia.

El acto tuvo lugar en una de las salas nobles de la Universidad de Frankfurt, donde entonces trabajaba. Entre el público había estudiantes y varios profesores y catedráticos. La presentadora provenía también del mundo académico. Eso se notó. Mucho. Tras la obligatoria sinopsis del libro —un joven pintor flamenco recibe el encargo de trasladarse a Madrid para pintar un gran cuadro encargado por el conde de Villamediana—, la presentadora empezó a desgranar la lista de influencias literarias que había descubierto en mi novela. Nada que objetar de entrada, los escritores nos alimentamos en buena parte de libros.

La incomodidad empezó cuando, entre las influencias que ella citó, aparecieron autores y obras que ella había leído, pero yo no. Esa incomodidad aumentó cuando a las influencias imposibles se les incorporaron piezas de lucimiento. Mientras ella descuartizaba mi texto para hurgar en sus tripas y buscar todos los posibles referentes literarios, incluso los que no tenía, yo sentía que mi novela se había muerto y que estaba asistiendo a su autopsia, donde tenía que presenciar cómo le extraían fragmentos del mismo modo en que los forenses extraen órganos y los van dejando en bandejas muy parecidas a las de las tiendas de casquería.

La cortesía me obligaba a seguir ahí sentada mientras durase la perorata, pero entonces la presentadora soltó que quería destacar que la novela retomara motivos del *Libro de buen amor* del Arcipreste de Hita. Se refería a la historia de don Pitas Payas, el pintor que, antes de salir de viaje, le pinta a su mujer un corderito bajo el ombligo, a modo de cinturón de castidad. Como el marido se tomaba su tiempo en volver, la mujer se echó un amante, y el corderito, naturalmente, se borró. Cuando, tras dos años de ausencia, el marido regresó, ella le pidió al amante que volviera a pintar el cordero, pero con las prisas, el amante le dibujó un carnero con unos grandes cuernos. Cuando Pitas Payas llega a casa y le pide ver el cordero, se sorprende al ver el carnero, a lo que la mujer responde: «¿Petit corder, dos años, no se ha de hacer carner? Si no tardaseis tanto, aún sería corder». La historia es muy divertida.

Pero no tenía nada que ver con lo que yo había escrito, excepto que se trataba de pintores.

Y, aunque hubiera tenido algo que ver, no necesitaba remontarme al siglo XIV para escribir sobre la relación entre un pintor y quien le ha encargado una obra, que de eso se trataba en realidad. La referencia que mi presentadora exponía toda ufana era doblemente errónea. Tanta pedantería a mi costa me estaba hartando. La presentación se había convertido en un acto de lucimiento propio ante el selecto público de académicos. De modo que cometí un acto de descortesía, le llevé la contraria en público a mi presentadora, para decirle que era simpático que encontrara ecos del *Libro de Buen Amor* en mi novela, que eso me honraba, porque es una de las obras clásicas que con más gusto y diversión (y aprovechamiento, como decían las antiguas cartillas de notas) he leído. Pero que no, que no había alusión ni reminiscencia alguna de ese libro. Que cuando en mi novela el conde de Villamediana entraba en el estudio del pintor a preguntarle cómo avanzaba el cuadro, yo tenía en mente a Rex Harrison en el papel del papa Julio II preguntando a Charlton Heston, es decir, a Miguel Ángel, cuándo terminaría de una puñetera vez el techo de la Capilla Sixtina, en la película *El tormento y el éxtasis*. Lo que era del todo cierto. La vi seguramente por primera vez (como tantas películas clásicas) en una Sesión de Tarde de TVE y se me quedaron grabados en la memoria los planos en los que Julio II aparece repetidamente para preguntarle a Miguel Ángel: «¿Cuándo acabarás?». Y Miguel Ángel le responde que acabará cuando acabe.

Para la presentadora, mi perfil intelectual perdió puntos a ojos vista. Pero es que, puestos a buscar, los autores somos como las tabletas de chocolate que advierten en las etiquetas que pueden contener trazas de cacahuete: seguramente en mis textos, además de las del Arcipreste de Hita, también hay trazas de todos los *Mortadelos* que me leí de pequeña. Y está muy bien que sea así. Pero lo que importa es lo que hacemos con todo ese bagaje, desde lo más trivial a lo más exquisito.

Como los autores nos apoyamos en autores, para cerrar acudiré al argumento de autoridad. Y no será una autoridad cualquiera, no señores, sino la voz de uno de los más grandes. Así habla Cervantes en

170

el prólogo del *Quijote* sobre la búsqueda de padrinos y fuentes:

> De todo esto ha de carecer mi libro, porque ni tengo qué acotar en el margen ni qué anotar en el fin, ni menos sé qué autores sigo en él, para ponerlos al principio, como hacen todos, por las letras del abecé, comenzando en Aristóteles y acabando en Xenofonte y en Zoílo o Zeuxis, aunque fue maldiciente el uno y pintor el otro. (...) porque naturalmente soy poltrón y perezoso de andarme buscando autores que digan lo que yo me sé decir sin ellos.

«Ser escritor es estar condenado a corregir», dice James Salter en una de las conferencias recogidas en *El arte de la ficción*. Y resume en pocas palabras todas las objeciones que se tienen ante el propio texto: «No era eso lo que se proponían escribir. O sí, pero estaba mal enfocado, o podía ser mejor; era demasiado largo, era anodino; no acertaba a expresar lo más importante, algo no encajaba». Pero, dado que está hablando de la voz, del estilo de los escritores, concluye: «Siempre suena a ellos». Es consolador, porque se trata del arduo camino hasta encontrar una voz propia, inconfundible. De la cual forman parte también los errores.

Ser escritor es equivocarse una y otra vez. Y corregir una vez y otra también. A pesar de lo cual, algunos errores logran escapar a un cedazo tras otro y se quedan metidos en el texto brillando como en una sonrisa de dientes de oro. Algunos errores hasta tienen una historia propia que merece ser contada.

Gracias al humor vítreo, a la grandiosa expresión «soy una fanática del humor vítreo», y no a la masa gelatinosa que rellena y da forma al ojo, cometí el error de contenido más clamoroso, del que tenga noticia, en mis novelas.

Cuando empecé a escribir *Entre dos aguas,* mi primera novela negra, me di cuenta de que, aunque no me gusta recrearme en detalles truculentos, necesitaba de todos modos hablar con algún experto en medicina forense para manejar información y procedimientos correctos. Se lo comenté a Assum, una amiga doctora, a la vez que le expliqué cuánto me aburría la serie *CSI.* Esto me hizo merecedora de un premio, a los pocos días Assum me llamó para decirme que se había encontrado en la morgue (los médicos tienen lugares de encuentro variopintos) a una antigua compañera de estudios, y que le había hablado de mí. Su compañera, Mercè, estaría encantada de asesorarme, más aún al saber que detestaba *CSI,* algo que, por lo visto, comparten la mayoría de los forenses. Nos presentó y me quedé al momento impresionada, sobre todo por su forma de hablar y por su humor. Aprendí mucho y también anoté muchas expresiones que ella usaba y que me fascinaron, como que «la única manera de saber la hora exacta de la muerte de una persona es que esta sea atropellada por un tren en Suiza», y aquella a la que le debo mi error. Después de explicarme que, analizando el humor vítreo, se sabe mucho acerca de una persona (enfermedades, medicaciones, adicciones), concluyó con: «Es que soy una fanática del humor vítreo». Me enamoré de esta frase y decidí ponerla en boca de Winfried Pfisterer, el forense de la novela, cuando se sacara el cuerpo de la víctima, Marcelino Soto, del río. Así lo hice y se me olvidó que, en el capítulo anterior, cuando aparece el cuerpo flotando en el agua, atrapado por una de las anillas para botes en el pilar del puente, había escrito que Marcelino Soto no podía contemplar la magnífica vista a la derecha, no solo porque estuviera muerto, sino porque no tenía ojos, ya que «a pesar de la contaminación, en el Meno hay peces». Lo había olvidado.

Había escrito esa frase en la primera página en el mismo momento en que tuve la idea para la novela, una mañana en la que iba en autobús a dar mis clases en la universidad. De pronto, me vino a la mente la imagen del muerto enganchado en el pilar del puente, vi también que era durante una riada, supe que el muerto era un emigrante español y que se llamaba Marcelino Soto. Recuerdo que me bajé del bus, tomé un cuaderno y empecé a anotarlo; sin darme cuenta, escribí los párrafos iniciales de la novela. Surgieron de una manera tan natural que no volví a tocarlos a medida que fui desarrollando la historia, y así llegué al momento en que necesité asesoramiento, la frase de la forense se metió en mi cabeza y en la novela y a Marcelino Soto los ojos le desaparecieron y reaparecieron por arte, más que de magia, de despiste. Así quedó.

No lo vimos ni yo ni el editor ni los correctores. Sí que lo vieron dos lectoras que, por sus respectivas profesiones, están muy atentas a los detalles. Una era, por supuesto, Mercè, la forense. La otra fue Kirsten Brandt, la traductora de la novela al alemán, que lo arregló dejando todo ese fragmento en condicional, haciendo que el forense dijera que si el muerto tuviera ojos podría saber mucho más sobre él, ya que es un fanático del humor vítreo, algo que en alemán de todos modos pierde bastante. Las reminiscencias a la medicina medieval de la palabra «humor» para referirse a los líquidos que forman parte de un organismo vivo se pierden por completo en la palabra alemana «*Glaskörper*».

Cuando me llamaron la atención sobre este error, pensé que ya lo cambiaría en una segunda edición. Descubrir erratas es una manera de invocar una nueva edición, aunque tiene, por lo que sé, el mismo efecto que los rezos que mi bisabuela le dedicó a santa Llùcia para que me mejorase la vista. Pero incluso una racionalista como yo cae en más de una ocasión en el pensamiento mágico.

Sin embargo, en esta ocasión, aunque pasaran unos años, llegó una nueva edición del libro. Antes di una charla a algunos alumnos del IES Baldiri Guilera del Prat de Llobregat, que había sido mi sexto y último centro educativo. En ella hablé, entre otras cosas, de los errores que cometemos los autores y les dije que pronto podría eliminar el de los ojos de Marcelino Soto. Entonces una alumna levantó la mano y me dijo que ella no lo corregiría, que ese error era también un testimonio de cómo era mi escritura en el momento en que redacté la novela y que, si lo quitaba, eso desaparecería para siempre. Por desgracia no me quedé con el nombre de esa alumna a quien me gustaría agradecerle su maravillosa reflexión, puesto que le hice caso. En la edición de bolsillo solo se corrigieron algunas erratas gramaticales. Los ojos se quedaron porque en esa forma de cometer errores también me reconozco.

De este modo, no solo se salvó el error, sino una anécdota que me gusta contar: qué sucede con los ojos de Marcelino Soto, cuyo cuerpo apareció flotando en las aguas del río Meno mientras yo, en el otro extremo de Frankfurt, viajaba en autobús para dar clase en la universidad.

Escribir, corregir, borrar y tachar, incluso cuando no somos conscientes de que el texto que tenemos entre manos es un texto zombi, un muerto viviente. Un texto que se nos murió a medio hacer o que ya nació muerto sin que nos diéramos cuenta, porque cada día seguimos haciéndole un masaje cardiaco y lo mantuvimos conectado al respirador artificial de nuestro entusiasmo inicial por la idea.

Cuando trabajas en un texto así, cada día de escritura es un arduo paseo por un terreno en el que nada de lo que plantas germina o, si llega a hacerlo, se marchita rápidamente. Pero aun así sigues por ese territorio moribundo y cada vez te pesan más los pies. Cada vez cuesta más llegar al final del capítulo; después te pesan los párrafos. Llega un momento en que te arrastras de frase en frase y, finalmente, son las palabras las que se han vuelto pegajosas y te agarran de los tobillos como las manos que surgían del barro ardiente en una de las películas de Maciste de sesión de tarde en el cine y que trataban de detener al héroe con la forma y la expresividad de un armario ropero.

Las palabras que se enredan, que te ralentizan, también tienen un mensaje mucho más importante que el que crees estar dándoles en la novela. «Déjalo ya. ¿No ves que está muerta? ¿No ves que estamos agonizando?»

Pero sigues. A pesar de los pies cada vez más lentos, a pesar de las señales. Sigues con la obcecada fijación de un explorador que se ha perdido en la selva y no se atreve a mirar atrás porque el camino recorrido es ya muy largo, demasiado largo para desandarlo.

Sigues, pues. Llegas al final, a un claro minúsculo en el que apenas cabe la palabra «fin». Te das la vuelta, a tu espalda y a tu alrededor está todo muerto.

Guardo dos cadáveres así en los cajones.

Y flotando en una especie de limbo, todos los fragmentos que no encontraron su lugar en las versiones finales de los libros. Palabras, frases de las que me enamoré mientras escribía y que no pude salvar en las versiones finales, párrafos, capítulos enteros, incluso personajes que no dejarán rastro, como los puntos del hilo de embastar o los barcos hundidos. Tampoco los fragmentos que se cayeron de este texto. Crear es saber destruir.

14
De traslados y libros rencorosos

Todas las casas en las que he vivido estaban llenas de libros. En una de ellas, mi primer piso tras marcharme de la casa familiar, incluso sirvieron de barrera térmica. Una larga librería cubría el gélido pasillo y aportaba grosor al muro sin aislamiento que más que separarnos de la intemperie, era parte de ella. Nunca he pasado tanto frío en una vivienda; a veces tenía que bajar a la calle y quedarme un rato al sol para entrar en calor.

Mis padres han sido lectores y, gracias a que mi padre trabajó por un tiempo como vendedor de libros de consulta a domicilio, tuvimos en casa obras encuadernadas en tapa dura, algunas incluso en lino, libros de ciencia con láminas transparentes que iban descubriendo capas del cuerpo humano o de la Tierra, libros de arte con imágenes de gran tamaño a todo color. He sabido años después que algunos de ellos eran el muestrario que mi padre se quedó cuando la empresa para la que trabajaba le dejó a deber las comisiones. Unas comisiones ganadas timbre a timbre, puerta a puerta, colocando enciclopedias para que «sus niños saquen mejores notas»; el *Maravilloso mundo de los animales* porque «combina perfectamente con las estanterías y los sofás de escay»; los estilizados volúmenes en blanco roto y letras rojas de moderna tipografía de *Era atómica,* porque «ennoblecen la biblioteca»; o un grueso volumen de la *Historia Universal,* de Espasa-Calpe, cuyo título en letras doradas, *Hélade y Roma,* tomé para un trabajo de clase y me valió uno de los dieces más fáciles de mi vida, puesto que el maestro quedó impresionado de que supiera que ese era el nombre en griego de Grecia. No sé si llegó a leer los párrafos que había copiado afanosamente del libro, tan deslumbrado lo vi con el título a todo color de mi trabajo.

Los libros, pues, nos dieron de comer durante un tiempo, pero lo justito. Quizás inconscientemente fuera esa una lección para el futuro, algo que me sirvió para gestionar las expectativas económicas de mi profesión. Aunque creo que en mi caso nunca han sido altas si pienso que estudié filología hispánica, una carrera que no se distingue por abrir la puerta a una vida de lujos a sus licenciados.

Además de darme de comer, de su hermosa presencia física y del nada desdeñable aislamiento térmico, los libros me han hecho feliz e infeliz, he llorado, he reído, he viajado, he aprendido, he vivido experiencias que serían imposibles en el mundo real..., todo eso y más. Son, por lo tanto, inseparables de mi vida. Por esta razón también me interesan los libros que hablan de libros y escritores.

Sin embargo, no soporto, por su tufillo sectario, a club de los elegidos, el discurso sobre los libros que parte del presupuesto de que los lectores somos mejores personas, seres superiores por el hecho de leer. Me desagrada la carga de meliflua trascendencia que trivializa las experiencias esenciales y existenciales que me ha deparado la lectura. Detesto la cursilería libresca, la colección de lugares comunes complacientes envueltos en frases tan pomposas como vacías. El crítico alemán Denis Scheck acuñó el término «porno de librería» para referirse a las novelas cargadas de clichés empalagosos sobre los libros y la lectura, en las que, por ejemplo, aparecen misteriosos y sabios libreros que, desde detrás de los mostradores de sus tiendas, con o sin gato, con o sin lámpara de pantalla de color verde, pero siempre en una penumbra más bien absurda en una tienda de libros, observan a sus atribulados clientes y les ofrecen libros que les hacen descubrir el sentido del amor, de la vida, de la amistad... Tipos que vendrían a ser la versión en librero de

Amélie, la inquietante camarera francesa de sonrisa psicópata.

Una biblioteca es una biografía lectora, aunque en todas haya bajas, como en la vida misma.

El orden de los libros de una persona revela algo sobre su personalidad, sus manías, su visión del mundo. Ordenando su biblioteca personal, los lectores se pueden permitir romper con la esclavitud de los géneros y las etiquetas. En este punto son más libres que los libreros, los editores y, según se mire, que los propios autores.

Una vez estuve en casa de un editor alemán que nos contó que antes tenía los libros separados por países y, dentro de cada grupo, alfabéticamente. Pero que un día en que se aburría reordenó su extensa biblioteca por la fecha de nacimiento de los autores, sin distinguir origen o género. Nos explicó que, mientras lo hacía, se quedó fascinado al descubrir coincidencias en el tiempo de las que no había sido tan consciente hasta entonces. Colocando los libros de este modo, quedan juntos, por ejemplo, Emilio Salgari, Edith Wharton y Arthur Schnitzler, todos nacidos en 1862. Y de pronto se cae en la cuenta de que mientras en 1896 Salgari publica *Los tigres de Mompracem*, Schnitzler termina de escribir su obra de teatro *La ron-*

da, aunque, por su contenido considerado inmoral, no llegará a estrenarla hasta veinte años más tarde, poco antes de que Wharton publique *La edad de la inocencia.* Para entonces, el pobre Salgari, a quien tantas fantásticas tardes de lectura adolescente debemos, ya llevará nueve años muerto.

Por supuesto que el orden alfabético por fuerza ha de producir también cohabitaciones curiosas, pero no tienen el mismo poder de asociación.

Mi biblioteca ha sufrido las consecuencias de dos mudanzas internacionales. La primera, del Prat a Berlín, fue en coche, un R5 de tercera mano, cargado de kilómetros y achaques, que llegó echando un humo negro de chimenea dickensiana después de cruzar toda Francia y buena parte de Alemania. Llegó agonizante y, tras esa proeza, decidió morirse en la Emdener Strasse, justo delante del bloque espantoso en el barrio de Moabit en el que teníamos una habitación realquilada. La Emdener Strasse era una calle adoquinada y húmeda, muy cerca de los canales. Allí, el R5 pasó seis meses inmóvil. En ese tiempo, bajo la protección del coche dormido, se desarrolló un completo ecosistema. Los adoquines se cubrieron de líquenes y crecieron hierbas en los intersticios. Un paraíso para bichos que aman la penumbra y la humedad, que encontraron su casa en ese rectángulo.

Pero incluso hasta a las calles más feas de Berlín llegan algún día las obras. Lo anunciaba un papelito en el parabrisas que pedía que se moviera el coche y que, por supuesto, ignoramos. El parabrisas se fue llenando de papelitos, cada vez más perentorios, que seguimos ignorando. Hasta que un día el coche desapareció. En su lugar, un perfecto rectángulo verde, sorprendentemente tupido. Imaginé el susto de las cochinillas y los ciempiés al recibir los primeros rayos de sol, su lenta y trabajosa huida buscando un nuevo lugar donde vivir. Las hierbas se secaron a los pocos días y en algún momento una excavadora borró todo rastro del microcosmos nacido bajo un Renault 5 exhausto.

En la mudanza a Berlín me llevé pocos libros, se suponía que me iba solo por un año a aprender alemán. Al trasladarme a Frankfurt un año y medio después ya cargué una pesada maleta de libros. Allí viví casi veintiocho años. Me dio, pues, tiempo de recuperar bastantes de los libros que había dejado en Barcelona, y otros, muchos otros, se incorporaron a la biblioteca, que fue ganando en metros a pesar de las purgas regulares.

Hasta que llegó la segunda mudanza internacional, de Frankfurt a Barcelona.

Hay bastantes textos, unos más prácticos, otros más filosóficos, sobre cómo organizar la biblioteca personal. Sin embargo, apenas nadie habla de cómo desmantelarla, aunque se trata de una acción tan compleja como la anterior. Más difícil diría, ya que las bibliotecas se construyen con el tiempo, de una manera orgánica, pero se tienen que desarmar en pocos días. No se trata de meter los libros en cajas y volver a sacarlos para recolocarlos en las nuevas estanterías. La retirada es un arte, y, aunque se tenga que hacer con rapidez, exige un plan. La mudanza de una biblioteca es la ocasión de revisarla y separar lo valioso de lo superfluo; hay que tomar una decisión tras otra, no solo qué libros se quedan y de cuáles nos vamos a desprender, sino, en el caso de estos últimos, de qué modo lo vamos a hacer.

Mi biblioteca es una colección ideal siempre incompleta en la que conviven los libros que he leído, los que voy a leer y los que quiero releer. Algunos llevan años esperando, pero sé que tarde o temprano llegará su momento; por eso los conservo. Otros, en cambio, siguen ahí porque no es lo mismo desprenderse de una pieza de ropa que ya no nos queda bien que de un libro que no nos interesa. Hay una resistencia a deshacerse de los libros, tiene algo entre bárbaro y pecaminoso.

Pero las mudanzas ayudan a romper el cordón invisible: fuera los libros que no me gustaron, los que me aburrieron y los que me dejaron indiferente. No los que odio. Esos, pocos, los guardo en un lugar aparte, como hacen los químicos con los venenos. Si los odio, será que algo han removido. Y no, no confundo el odio con el asco.

Durante el proceso de selección crecieron en el suelo varias pilas a las que iban a parar los libros que no me llevaría. El montón de los que regalaría a amigos, el de los que donaría a una biblioteca y los que dejaría en un *bookcrossing*. En Frankfurt había más de cincuenta repartidos por los barrios. Eran robustos armarios de metal, que se podían abrir por los dos lados, con cinco estanterías en su interior y puertas de un cristal grueso que resistían el viento, la lluvia, la nieve y también el desgaste de los usuarios. Porque su éxito era innegable. Siempre había personas curioseando, sacando y metiendo libros, muchas veces a ambos lados, desarrollando coreografías tácitas para intercambiar posiciones.

Antes de que un libro fuera a parar allí, controlaba que no tuviera escrito mi nombre al principio, en esas páginas en blanco que creo que se llaman «de cortesía». Hace años que no escribo mi nombre en los libros, pero tengo muchos de cuando, además, anotaba la fecha de compra. Si encontraba mi nombre —los adoradores de los libros, por favor, que salten al próximo párrafo—, arrancaba la página.

Algunos llevaban años en mis estanterías y seguían sin ser leídos, merecían ser liberados y salir de nuevo al mundo sin el lastre de mi pasado. Fueron una promesa, pero de algo que se había esfumado. En *El libro de los bolsillos* escribe Gonzalo Maier que «los libros no son para leerlos. A fin de cuentas, cuando se compra un libro se paga por una promesa o una ilusión como cualquier otra, y la de los libros es siempre la misma: que ya tendremos tiempo, que tarde o temprano los problemas desaparecerán por arte de magia y nos despertaremos en una hamaca todavía jóvenes, hermosos, bronceados, con la vida por delante y una novela entre las manos. Al final, me digo, compramos libros para desafiar a la física y confirmar que mientras más alta sea la pila que hay en casa, más tiempo tendremos para leer». Pero hay libros que ya ni con la promesa de la vuelta de la juventud dorada vamos a leer. Fuera.

Regalar, donar, dejar en un punto de intercambio de libros. Quedaba una última opción bastante próxima al tabú, aunque no al tabú máximo, de regusto totalitario, que es el fuego: tirarlos al contenedor de papel. Una posibilidad a la que me resistí hasta que terminé por admitir que un lomo y dos tapas no convierten en sagradas las páginas que envuelven. El enorme poder simbólico del libro me inhibía, pero finalmente me atreví a llevarlo a la práctica. El papel se merecía una segunda oportunidad. Tiré en el contenedor libros que me habían parecido inanes o espantosos. También, aunque con dolor, los que estaban muy deteriorados. Eran libros de ediciones de quiosco que compré hace muchos años. Ediciones baratas que habían envejecido muy mal, se les caían las hojas al abrirlos y el papel se había oscurecido y literalmente apestaba. Muchos de ellos tenían cierto valor emocional porque fueron lecturas fundacionales. Pero ¿qué hago con un ejemplar de *Cien años de soledad* que no puedo leer porque no solo huele muy mal, sino que las páginas han adquirido un color marrón más oscuro que el de la cubierta? Al contenedor del papel. Compraré un ejemplar nuevo, legible. Uno que no huela mal. O que simplemente no huela.

Lo del olor de los libros nuevos en realidad me resulta bastante estomagante. No entro en éxtasis teresiano con el olor a tinta fresca y a páginas vírgenes. El olor a libro nuevo me parece agradable porque significa que el libro es nuevo. Nada más. Me resultan ajenos esos embelesos extáticos que son parte de la retórica algo desaforada en el discurso cursi sobre los libros y la literatura.

Algo para mí casi tan absurdo como lo de los marcadores de libro, que muchos incluso coleccionan y, donde, en mi absoluta falta de romanticismo libresco, no veo más que tiras de papel, algunas muy bonitas, eso sí. Pero, puestos a marcar, ¿por qué no ennoblecer fragmentos de papel que han hecho algo útil, aunque efímero, como las entradas de espectáculos, los billetes de autobús o tren, las tarjetas de embarque?

Desmontar una biblioteca es llevar a cabo una expedición arqueológica personal. Laboriosa, como lo es también la arqueología, que no se hace con pico y pala, sino con un pincel, con el que vas removiendo capa a capa, libro a libro. Las decisiones son en la mayoría de los casos más emocionales que intelectuales: dónde compraste ese libro, quién te lo regaló, cuándo lo leíste. A algunos les prometes volver a leerlos. Los abres y entonces te topas con tu yo lector del pasado en forma de notas y subrayados, con lo que Luis Landero en *El balcón en invierno* denomina «un viaje sentimental por mi pasado imaginario, por mi memoria de lector».

Volver a verlos, releerlos, es un viaje en la máquina del tiempo y, en ocasiones, un viaje a un territorio extraño. Porque, por lo general —por lo menos así me sucede a mí—, no se entienden las razones de los subrayados. Es como si me encontrara los subrayados de otra persona. Bien pensado, son los subrayados de otra persona.

Si releo el libro, esas llamadas de atención sobre pasajes o palabras me molestarán. Es arqueología de una misma, pero no es lo que quiero hacer cuando releo un libro. Por suerte, mi afición a los lápices viene de lejos y puedo hacer desaparecer el rastro de esa persona que ya no soy yo. De la que me pregunto por qué destacó tal o cual pasaje, cuando, en realidad, no es tan brillante como lo que está escrito solo media página después. Pero borrar todo lo que se subrayó con tanto entusiasmo es mucho trabajo. ¿No sería más fácil comprar otro ejemplar? Y meter los ejemplares marcados en una bolsa de papel, como hacen los estadounidenses para esconder el alcohol en la calle y dejarlos, que no tirarlos, suavemente en el contenedor.

Las anotaciones me suscitan, por otra parte, cierta curiosidad, a veces me dan vergüenza; otras me inspiran ternura hacia la lectora que fui. Las notas son, además, muy chivatas. No solo por las opiniones, sino que, cuando se interrumpen, indican hasta dónde se leyó. Otra vez el dilema. ¿Borrar? ¿Comprar otro ejemplar?

Reencontrarse con viejas anotaciones y subrayados es como mirar las fotos en las que apareces con una permanente espantosa, valga la redundancia, o con unos pantalones de colores tremebundos, con gente que has perdido de vista, pero que en ese momento eran tus amigos. Y sabes que todo eso ya no eres tú, pero que, sin esos pelos, esos pantalones, esos amigos que tanto quisiste, a pesar de que ya no están cerca, sin los subrayados que te parecen absurdos y las anotaciones que no entiendes, sin todo eso ahora no serías tú.

Los libros cargan también con nuestra desmemoria, no solo porque olvidamos tanto de lo leído. Al revi-

sarlos antes de la mudanza, además de viejos subrayados y notas, descubrí que algunos contenían cosas que,
como en la prueba de carbono-14, permitían datar la
lectura con bastante precisión.

Un recorte de una ilustración de Beardsley me dice
que debí de leer esta novela cuando tendría unos diecisiete años y mis amigas y yo queríamos ser pálidas,
lánguidas y decadentes. A mí solo me salió bien lo
primero porque siempre he tenido mal color. Pero mi
nerviosismo natural me incapacita para la languidez
y era muy difícil, por no decir imposible, ser decadente en el Prat de principios de los años ochenta.

Una flor seca me lleva a varios años antes, a los
catorce o quince, cuando me hice un herbario. Y un
billete de metro fechado me traslada a 1981, a larguí-
simos trayectos en bus y metro para llegar a Barcelona
desde el Prat y después cruzar la ciudad entera hasta
la Trinidad, donde me había echado novio. ¡Cuántos
libros leí en esos viajes!

Lo que encontré en mis libros eran vestigios de mi
pasado lector y de mi vida, como los subrayados y las
notas, por eso los sometí a un exhaustivo cacheo. ¿Qué
escondes ahí? Creo no haber dejado ningún rastro
en mis libros antes de que pasaran a ser de segunda
mano.

Los libros de segunda mano cuentan su propia historia. Si los han leído, cómo los han leído, cómo los han guardado, dónde los han guardado. Algunos incluso llevan el nombre de sus antiguos dueños. Normalmente es una información irrelevante, pero a veces los libros abandonados se vengan. En un *bookcrossing* de Frankfurt me llamaron la atención unos libros en catalán. Saqué un par de ellos y, al abrirlos, descubrí que conocía a su antigua dueña, que también había anotado dónde y cuándo los había comprado. Me pregunté por qué esos autores habían caído en desgracia en su biblioteca.

Pero más fascinantes son las cosas que aparecen dentro.

El grandísimo cuentista Gianni Rodari proponía una técnica para crear historias: «el binomio fantástico». ¿En qué consiste? En poner juntas dos palabras que normalmente no solemos asociar. Él ponía como ejemplo «perro» y «armario». Si leen la *Gramática de la fantasía,* podrán ver cuántas cosas pueden pasar con un perro y un armario.

Las cosas que la gente olvida en los libros funcionan como un binomio fantástico.

Una vez encontré un ejemplar de segunda mano de la autobiografía del actor austríaco Fritz Muliar, uno de los actores míticos del Burgtheater de Viena, y que me maravilló en la serie de *Las aventuras del bravo soldado Schweik.* Dentro del libro había una fotografía de bodas. Por la ropa y los peinados de la pareja, era de los años sesenta. En el reverso de la foto se podía ver que fue tomada en Praga. ¿Qué relación hay entre el libro y la pareja de la foto? ¿Por qué se deja una foto en un libro? Tal vez está escondida o perdida o, quién sabe por qué razón, degradada a punto de libro.

¿Quién dejó el anuncio de «contactos» perfectamente recortado en un libro de Capote? O románticas flores secas dentro de una de esas novelas negras que parecen cursos de carnicería humana. En los libros he encontrado entradas de teatro de Frankfurt, de la ópera de París, de museos polacos, billetes de metro de ciudades muy lejanas, recetas de cocina, un cromo de un futbolista del Bayern, seguramente repetido. Los recortes de prensa siempre me parecen intrigantes. Dentro de un libro encontré uno con la noticia de un asesinato. ¿Por qué? ¿Simple morbo? ¿Conocía a la víctima? ¿Es el asesino? Improbable si después lo usó para marcar la página de un libro. ¿O lo escondió y olvidó? Se puede ser un asesino y despistado. En otro aparece un papelito con un número de teléfono escrito a lápiz y un nombre. ¿Historia de amor frustrada o alguien que alquilaba habitación en un piso compartido? Al hojear un libro de John Irving, cayeron de su interior unos papelitos que tenían toda la pinta de ser chuletas de un examen de química. Postales escritas con letra infantil a la «abuelita», que esperan que esté bien de salud. Todo eso aparece en el interior de los libros abandonados.

¿Y qué pasó entre los autores y los destinatarios de las dedicatorias escritas en el interior? ¿Qué fracaso abocó a esos libros al abandono? ¿Qué falló? Porque en esos casos, definitivamente algo salió mal. ¿Por qué una tal Monika se habrá desprendido del libro que Jürgen le regaló con una dedicatoria tan amorosa? ¿Fue cosa de Monika? ¿De Jürgen? ¿O la culpa es del libro? No lo sabré nunca y espero que Jürgen tampoco. Solo Monika lo sabe.

Las cosas que olvidamos en los libros son fragmentos de historias que no llegaremos a conocer. No importa, podemos inventarlas.

Es un dicho popular que los libros prestados, heridos en su orgullo, no vuelven.

Los libros de los que nos deshacemos en tiendas de segunda mano o en un *bookcrossing* deberían, en el fondo, estar agradecidos. En mi biblioteca eran peso muerto, en otra tal vez revivan, como lo hicieron los que compré y leí gracias a que alguien no los quiso en sus estanterías. Siempre me ha gustado comprar libros de segunda mano. Te acercas a las pilas o a las estanterías sin buscar nada en concreto, solo para ver qué encuentras. Hay algo compasivo en acogerlos, darles un nuevo hogar.

Mi relación con los libros de segunda mano cambió cuando empecé a publicar. Al principio, comencé a acercarme a las pilas con recelo, con el temor de encontrar allí uno de mis libros. No sabía cómo lo encajaría. Hasta que pasó. Y no, no dolió tanto como esperaba. Aunque sé que la gente se deshace de los libros que no les gustaron, los que les aburrieron y los que les dejaron indiferentes. Tal vez de los que odian. Pero, por otro lado, pensé que por lo menos no estaban en una estantería abandonados e ignorados. De modo que cuando me los encuentro en un puesto de segunda mano los saludo con discreción con un golpecito en el lomo y les deseo mejor suerte la próxima vez. Nunca los cojo, porque hay un grado superior en la desilusión de ver tus libros buscando una segunda oportunidad: que ese ejemplar se lo hayas dedicado a alguien. «Los libros dedicados tienen la extraña vocación de acabar en las librerías de viejo», escribe Gabriel Zaid antes de contar cómo los libros que Darío o Rilke dedicaron a Valéry aparecieron en los puestos de los buquinistas al lado del Sena. Por esta y otras historias de desaires, nunca he querido tentar a la suerte. Pero, como en el cuento árabe del jardinero al que la muerte le viene al encuentro en Ispahán, a mí un libro dedicado fue a buscarme a Valencia.

Me llegó de la mano de Óscar, un lector valenciano apasionado de la novela negra, a quien conozco desde hace ya unos años porque hemos coincidido en festivales. Si tengo alguna novedad, viene para que le dedique y le firme un ejemplar; si no, pasa a saludar y charlar. En una de las ediciones del festival Valencia Negra me trajo dos libros. Uno era de reciente publicación:

—Para que me lo dediques.

El otro era una edición de una de mis novelas que ya está descatalogada. Óscar me comentó que estaba muy contento de haberlo encontrado en el Mercat de Sant Antoni de Barcelona, porque era el único que le faltaba de la serie. Ya andaba yo pensando en algo especial que escribirle en el libro cuando me dijo, entre divertido y apurado:

—Este no me lo podrás dedicar porque ya lo está.

Lo abrí y vi que era así, que ahí estaban las palabras que le había dirigido a un reconocido crítico literario barcelonés. Una dedicatoria que, a diferencia de las que suelo escribir, no llevaba solo el nombre de pila, sino nombre y apellidos. Nos reímos, aunque también sentí un bochorno dolorido ante este rechazo con nombre y apellidos.

Mi primer pensamiento fue: «Si un día me lo encuentro, le preguntaré qué pasó». Después me dije que es absurdo pedirle explicaciones al lector. El autor nunca debe entrometerse entre el libro y el lector. Lo que suceda entre ellos es asunto suyo.

Tengo que confesar que yo también me he desprendido de libros dedicados, aunque antes les he arrancado la hoja con la dedicatoria, porque, por más que los amantes del libro ahora se estén llevando otra vez las manos a la cabeza, les aseguro que al libro le duele menos que al autor. Hay gestos brutales que pueden ser delicados cuando tenemos en cuenta su finalidad.

15
De tres tristes turcos y un alemán despistado

Cuando me marché de Alemania, cancelé mi número de teléfono fijo y una cuenta de correo electrónico asociada. La compañía telefónica me escribió para comunicarme que, al darme de baja de sus servicios, procederían a cerrar y borrar mi buzón y, con él, todo el contenido. Me daban un tiempo para rescatar aquellos mensajes que quisiera guardar y me ofrecían la opción de contratar un servicio para conservarlos. Como una especie de guardamuebles, pero para correos electrónicos.

La primera reacción del hámster que todos llevamos dentro fue de histeria recolectora. Sí, claro. Tengo que guardar mis correos. ¡Hay tanta comunicación contenida en ellos! Horas y horas de escritura, a saber cuántos documentos adjuntos todavía guardados en su interior como en una bolsa de marsupial. Si no hago algo, ese montón de mensajes desaparecerán para siempre.

La parte acumuladora de la mente seguramente se encuentra en una zona análoga a la del cerebro reptiliano ubicado en la médula espinal que rige los actos instintivos, impulsivos. En una zona similar, pero con algún separador, ya que roedores y reptiles no son precisamente amigos, pero ambos son primitivos e irracionales. Esta parte hámster es la que te hace guardar un pendiente desaparejado, aunque sepas que el otro lo perdiste en Tombuctú; la que se disfraza de sentido práctico y te dice que alguna vez podrías necesitar el cable que pulula desde hace meses por los cajones, aunque no logres conectarlo a ninguno de los aparatos de la casa; es el espíritu guasón que te impide deshacerte de una estilográfica que te regalaron, como si algún día al levantarte por la mañana fueras a descubrir que has dejado de ser zurda. Dejar de ser zurda es parte del guion de un sueño, mejor dicho, una pesadilla recurrente, en la que también aparecen extraterrestres ladrones de cuerpos.

Justamente esta parte hámster del cerebro es la que saltó de inmediato al recibir el correo de la compañía telefónica. ¡Guárdalo todo! Pero, por suerte, también, aunque algo más tarde, se activó el mecanismo corrector. La voz de la razón que me recordó que llevaba meses, si no años, sin leer esos correos electrónicos. En todo ese tiempo no los había necesitado ni echado de menos. No sé qué dicen, a quién escribí ni quién me escribió. Si había archivos adjuntos, ya los bajé. Si no los bajé, sería porque no me hicieron falta. ¿Para qué quiero guardar todo eso? En realidad, venía a preguntarme si alguna vez había releído un correo electrónico antiguo. Me los imaginé impresos. ¿Cuántas páginas podría haber? ¿Qué volumen ocuparían si fueran hojas de papel? ¿Cuánto pesarían? Un paquete de folios de papel de ochenta gramos pesa cuatrocientos gramos. ¿Cuántos kilos de papel había en mi buzón? Me imaginé lo que supondría que de pronto todos los correos escritos en tantos años se convirtieran en papeles, me vi sepultada bajo ellos como los hermanos Collyer, los excéntricos millonarios norteamericanos que a finales de los años cuarenta fueron encontrados muertos y momificados en su casa de cuatro pisos llena hasta el techo de todo tipo de objetos, sobre todo periódicos. Langley Collyer murió aplastado precisamente por los periódicos que se amontonaban en un equilibrio precario. Homer murió de hambre porque estaba paralítico y ciego y era su hermano quien lo alimentaba.

Deja que los borren, me dijo una voz. Era la misma que antes de la mudanza me animó a destruir cartas y postales. Esta vez no a ciegas, sino sentada en el suelo, rodeada de cajas en las que guardaba años de correspondencia en papel. Las fui tomando una a una y decidiendo. Me asombraba haberme carteado con gente cuyo nombre no me evocaba nada, cuyo aspecto no recuerdo. Siendo así, ¿por qué tengo que conservar cartas de desconocidos? O las postales de viajes que quizás ya ni recuerdan los amigos que las enviaron, o las cartas de amor si ya no nos queremos.

No respondí al correo de la compañía telefónica. Anoté la fecha en la agenda para recordar en qué momento desaparecerían de mi vida miles de correos electrónicos, momentos que se perderán en el tiempo, como lágrimas en la lluvia. Hora de borrar.

Hace unos años, durante un viaje a Estambul, entré en un recinto en el que se encontraban las tumbas de tres gobernantes de más bien corta duración y, es de suponer, poca trascendencia. Al pie de cada una de las tumbas había una inscripción que resumía su vida en pocas líneas, siguiendo lo que debía de ser un modelo de texto de epitafio.

En el de la tumba del gobernante que murió primero se alababa el hermoso color oliváceo de su piel, se destacaba lo bien que jugaba al ajedrez y que era un excelente luchador. Después aparecía una línea que decía que había sido vilmente asesinado por el gobernante que lo sucedió.

Solo dos pasos a la derecha estaba la tumba de este segundo gobernante, cuyo epitafio loaba su tez olivácea, su habilidad en el ajedrez y en la lucha. También que hubiera matado heroicamente a su vil antecesor y lamentaba que hubiera sido asesinado por el malvado tercer gobernante. Creo que es imaginable qué se podía leer en el epitafio de este señor de bella piel olivácea que salvó al pueblo de la crueldad del ocupante de la segunda tumba. No recuerdo las causas de su muerte.

Los tres hombres de piel olivácea, esos magníficos luchadores, esos brillantes jugadores de ajedrez que se mataron en cadena, al final han acabado enterrados juntitos uno al lado del otro. Todos buenos y todos malos gracias a una línea de texto. Un alarde de economía lingüística que muestra qué fácil es convertir a héroes en villanos y viceversa. Basta una línea.

Si alguien escribe sobre nosotros, seremos como digan esas líneas, independientemente de lo que hayamos sido. Y puede que quedemos sepultados bajo una anécdota.

En mi biblioteca conservo un pequeño volumen ilustrado que había pertenecido a mi suegro. Un librito en alemán titulado *Gallettiana,* con un subtítulo que hay que leer dos veces porque traducido era algo como: «Veo a muchos que no están aquí». El librito contiene una colección de frases llenas de despropósitos, pronunciadas, que no escritas, por un tal Johann Georg August Galletti. Tres nombres alemanes y un apellido italiano. ¿Quién era este señor Galletti?

El apellido se lo debe a su padre, un tenor italiano del teatro de la corte de Gotha. Gotha es una pequeña ciudad en Turingia, en el este de Alemania, cuyo nombre seguramente sonará a los fans de las realezas varias, porque ahí se editaba el *Almanaque Gotha*, que resumía todas las informaciones de las casas reales y la aristocracia europeas, algo así como noticias del universo paralelo. Galletti nació allí en 1750, estudió Derecho, pero se interesó por otros muchos campos del saber, como la Geografía y la Historia, ámbitos en los que dejó una ingente obra. Para que nos hagamos una idea, dedicó cinco volúmenes a la *Descripción e Historia del Ducado de Gotha* y seis volúmenes de *Historia de Turingia*. Escritos por lo visto con el afán completista, más notarial que intelectual, que caracteriza a los historiadores locales sean de donde sean. Una prolijidad que tiñó también los veintisiete tomos de su *Historia del Mundo*, tal vez la obra que llevó a Friedrich Schiller a declararlo el historiador más aburrido que jamás hubiera existido. Aun así, Galletti recibió en vida un gran reconocimiento, también internacional, y sus manuales de Geografía e Historia se usaron en muchos centros de educación alemanes. Él mismo fue profesor. Y a esa actividad, y no a su enorme obra de erudición, se debe su involuntaria fama posterior. Porque Galletti era un señor bastante distraído y sus alumnos (entre las leyes no escritas de las relaciones entre profesores y alumnos se encuentra que estos últimos tienen que reírse de cualquier manía, tic o rareza de los docentes) pronto empezaron a anotar y recopilar las perlas que de vez en cuando soltaba en clase. Como, por ejemplo: «El rey Gustavo Adolfo de Suecia todavía vivía poco antes de morir». «La muerte de Alejando Magno fue muy sentida en Asia, pero solo después de su muerte.» «Por lo que respecta al color de la Luna, es normalmente grande.» O la casi grouchesca: «Cuando lo vi a lo lejos, consejero Ettinger, pensé que era usted su hermano, el librero Ettinger; cuando se acercó, vi que era usted mismo y ahora veo que es usted su hermano».

El librito contiene más de cuatrocientas frases de este tipo del señor Galletti. Para estas recopilaciones, que fueron muy populares en su tiempo y que aún se encuentran en librerías, se creó incluso la expresión «Gallettiana» (con el sufijo -ana, para darle el carácter de recopilación seria). Una vida de erudición y trabajo, más de cien obras escritas, y a Galletti, profesor y estudioso, se le recuerda (poco, pero se le recuerda) porque tenía la cabeza en otro lugar.

Algo similar a lo que ocurre con la figura de Francisco Umbral, cuya obra ha sido devorada por el personaje que tan tenazmente creó. Lo vemos en el excelente documental *Anatomía de un Dandy*, de Alberto Ortega y Charlie Arnaiz. Un autor cuyas columnas, en su momento de esplendor, leían más de un millón de personas, que dejó una ingente obra entre novelas, relatos, memorias..., y ahora es recordado, sobre todo, por su famosa aparición en la tele en un programa de Mercedes Milá, en la que con su voz tonante y pastosa le suelta, con justificado enfado, el: «Yo aquí he venido a hablar de mi libro». Una frase que se ha convertido en un chascarrillo, ya bastante sobado, pero que sigue sirviendo de arranque a autores nerviosos para superar el miedo escénico en las presentaciones de sus libros.

Cuando, durante una entrevista que aparece en el documental, le preguntan al respecto, Umbral responde: «A Valle-Inclán lo conocen por la barba, a Cervantes porque era manco. A cada uno por una cosa. ¿Qué más da? ¿A mí qué me importa? Que les den por el culo».

Tenía razón.

No somos dueños ni del recuerdo que dejamos.

Podemos incluso acabar siendo decoración. Recuerdo un restaurante de Frankfurt que ocupaba el local donde había estado una panadería, y donde a los dueños se les fue la mano en su esfuerzo por darle falsa solera.

El local tenía un mostrador de madera decorado con barras de pan y *bretzels* grabados en el frente. Detrás colgaban algunos útiles de panadero; aunque, por su aspecto, no parecía que los hubieran usado ni en esa panadería ni en cualquier otra. Se veían tan falsos como los ladrillos que formaban un arco sobre la puerta de los servicios, y tan postizos como las vidrieras con imágenes de aspecto pretendidamente medieval que representaban antiguos oficios. O el escudo de cerámica en el dintel de la puerta o los recipientes de cobre de función indefinida repartidos por todo el local. Las mesas rústicas debían de tener tres o cuatro años, aunque fingieran más de cien. Nada allí era antiguo. Excepto las fotos.

Dos filas de fotos enmarcadas en una de las paredes. Eran imágenes en blanco y negro de principios del siglo XX. En una de ellas se veía a gente cerca de un quiosco de prensa. Algunos pasaban de largo, otros estaban a punto de comprar. Dos hombres leían de pie los periódicos recién adquiridos delante de la caseta; uno de ellos estaba absorto en el texto, el otro levantaba un poco la vista, acababa de descubrir la cámara. En la de al lado, una niña endomingada paseando por un parque con lago de la mano de sus padres. La madre, con un vestido que le llegaba hasta los pies, miraba hacia la derecha, hacia el agua, donde se intuía que debía de haber botes de remos. El padre bajaba la mirada para contemplar a su hija, como si le fuera a decir algo a la niña, que era la única que había visto al fotógrafo y lo observaba con desconfianza. En la foto siguiente, ninguna de las muchas personas captadas se dio cuenta de la presencia del objetivo. Estaban sentadas a las mesas de un café, solas, en parejas o en corrillos. Todos se encuentran tan inmersos en lo que hablaban o lo que leían que ninguno se percató de la existencia del fotógrafo, quien, diminuto, aparece reflejado en un espejo al fondo del local.

Ninguna de esas personas captadas en momentos privados de sus vidas, comprando una bolsita de castañas, subiendo a un tranvía, huyendo de la lluvia bajo un paraguas, bebiendo agua en una fuente pública, dando de comer a las palomas en una plaza, ninguna de esas personas tan vivas en ese momento, habría llegado a imaginar que su imagen acabaría siendo un elemento decorativo más en un restaurante ubicado en una antigua panadería decorada con falsas antigüedades, como, en las palabras mucho más duras de Dorothy Gallagher: «detritus fotográficos de vidas ya olvidadas».

De los muertos, propios o ajenos, quedará el relato que se haga de ellos. Serán así tan reales o irreales como los personajes de ficción.

Convertidos en personajes, ni siquiera podemos determinar qué tipo de personajes seremos, héroes o villanos. Todo quedará a merced de las líneas del relato. Y no siempre podemos emprender una tarea como la de Muriel Spark, quien escribe su autobiografía con tal afán de veracidad que no refiere nada en el texto que no pueda demostrar documentalmente o gracias a testigos de primera mano.

Mi bisabuela es ya solo el relato que hago de ella. Vuelvo a la frase anterior y debo corregirla: mi bisabuela es el relato que hago de ella. La cuento y la convierto en un personaje. Tanto quienes existieron como quienes inventamos se encuentran en la ficción, allí son reales. Es mucho para los personajes irreales; es poco para quienes una vez tuvieron existencia. Es todo lo que hay.

16
De falsos besugos

Contar historias es una necesidad primaria. Todos nosotros disponemos de la capacidad de crear relatos, pero, como con todas las capacidades humanas, correr, cantar, calcular, aprender idiomas, o poder comerte treinta y dos huevos crudos en un minuto, hay personas más o menos dotadas. Hay narradores natos y personas que, al relatarlos, destruyen los mejores argumentos. Pero todos disponemos de los instrumentos básicos para contar historias, de todo un repertorio de géneros narrativos, entre los que escogemos con absoluta naturalidad.

Es una lástima que en la escuela nos limitásemos a aprender de memoria los nombres y los recursos de los diferentes géneros para aprobar el examen de literatura. Porque la espesura de la terminología nos ocultó que estábamos hablando de una estupenda colección de formas para contar, para contarnos, para dar sentido a lo que nos pasa día a día, para crearnos como personas a través del relato.

Al mismo hecho le podemos dar el aire de una tragedia, lo podemos contar de modo que seamos héroes épicos o podemos convertirlo en una comedia. Se puede transformar una anécdota en un gran suceso o minimizar un acontecimiento importante relegándolo a una frase subordinada. Es una mezcla de experiencia e instinto narradores lo que muchas veces nos ayuda a elegir, según a quién le estemos contando la historia, según lo que queramos conseguir con nuestro relato.

Hace años, en un encuentro en el Centro Cultural Gallego de Frankfurt, donde se reunían muchos emigrantes españoles llegados a Alemania en los años sesenta, me impresionó vivamente el relato de una mujer que celebraba una fiesta de despedida porque se volvía a Galicia. Había llegado a Alemania casi niña y había entrado a servir en casa de una familia rica. Entre risas, nos explicó que, en una ocasión, la señora de la casa, que no hablaba español, le dijo:

—*Heute Abend hast du frei. Wir haben Besuch.*

Que significa: «Esta noche tienes libre. Tenemos visita». Ella, que sabía poquísimo alemán, pensó que la última palabra, «*Besuch*», visita, significaba «besugo» y entendió que la señora le estaba pidiendo que fuera a comprar uno. Al llegar a esta parte, todos los que escuchábamos la historia nos echamos a reír. Los que vivimos en el extranjero, en una lengua extranjera, acarreamos una buena colección de malentendidos lingüísticos, por lo general chistosos. La narradora también estaba muerta de risa mientras nos decía:

—Imaginaos, iba yo por la ciudad intentando encontrar un besugo, y lloraba y lloraba porque no me atrevía a volver a casa sin el pescado.

Lo contaba como algo divertidísimo, pero, tras celebrar la anécdota, creo que todos nos sentimos apesadumbrados.

La historia era en realidad tan triste, tan traumática, que solo se podía abordar desde la distancia del humor. Pero no se trataba solo de eso. La forma de contarla contenía otro mensaje: «Miradme, así de mal lo pasé al principio, pero aquí estoy y ahora puedo reírme de esto, porque lo he superado». Esa anécdota tristísima formaba parte de su discurso de éxito personal. Eligió la forma que le permitía contarnos la historia y conmovernos a la vez que despertaba nuestra admiración. Eligió muy bien el género.

Como narradores natos que somos, no solo contamos historias, sino que las modificamos y reescribimos constantemente, las adaptamos al «público»: el mismo suceso no se lo cuentas igual a tus padres que a tus amigas. Modificamos nuestro papel, según queramos ser vistos, y acabamos incluso creyéndonos nuestra última versión.

Necesitamos contarnos para ser. De ahí la crueldad de los que, por los motivos que sean, ignoran los relatos de los demás.

Es un castigo que suelen sufrir los retornados de una emigración o un exilio.

Leí hace años un ensayo de dos psiquiatras, Alexandre García Caballero y Ramón Area Carracedo, titulado *Psicopatoloxía do retorno*. Por esa mala costumbre que no me puedo quitar de prestar los libros que me gustan —todos tenemos nuestro lado proselitista—, se lo dejé a una amiga a la que le interesaba el tema y no me lo devolvió, así que cito de memoria. En el libro, los autores analizaban las dolencias psíquicas de muchos emigrantes gallegos retornados. Sus pacientes eran personas que se marcharon a diferentes países en la gran ola de emigración de los sesenta y habían vuelto «a casa» al jubilarse. Las dolencias se manifestaban en síntomas difusos pero persistentes. Literalmente un «mal estar» en el lugar que tanto habían añorado y anhelado. Como los pacientes no encontraban palabras para expresar lo que les sucedía, los psiquiatras los animaban a relatar, para que, en medio de ese relato, se fueran perfilando metafóricamente los síntomas. Y, de este modo, de la narración de la vida cotidiana tras la vuelta extraían los síntomas de la depresión a la vez que iban perfilando también las causas. Determinante era, por supuesto, el choque cultural inverso, la desilusión porque durante años habían idealizado su lugar de origen y ahora no se cumplían sus expectativas, algo, en realidad, casi inevitable en una época en la que viajar era mucho más difícil y las posibilidades de mantener el contacto con el lugar de origen eran menores.

Pero había otra causa importante, tan nociva como las anteriores, y era que sus convecinos les negaban el relato. A ellos, que tras veinte o treinta años de ausencia llegaban con un riquísimo bagaje de historias, nadie los quería escuchar. A nadie parecía interesarle en absoluto cómo había sido el durísimo viaje ni la llegada a un país extraño, con una lengua aún más extraña, ni todas las experiencias inimaginables en el lugar del que provenían, como que en su círculo de amistades hubiera no solo alemanes, sino también griegos, turcos, italianos, yugoslavos.

Comentaban los autores que este desinterés era en parte una especie de castigo. Al que se marcha se lo castiga. Es algo inconsciente, pero el que se queda siente rencor por quien abandona el lugar, aunque la marcha haya sido forzosa, por razones económicas, de supervivencia, como fue en el caso de la emigración de los años sesenta en España. Porque el que se va, en cierto modo, abandona.

Después de haber vivido treinta años en Alemania, me esfuerzo en no contar «batallitas» sobre ese tiempo, a pesar de que soy el producto de esos años en el extranjero, soy mi relato de esos años en el extranjero.

Pero no puedo negar que me sorprende que me pregunten tan poco y que, en muchas ocasiones, cuando lo hacen, sea con la esperanza de que les confirme alguna idea preconcebida sobre el país. A veces me da mucha pereza contradecirlo; la lucha contra los estereotipos culturales es Sísifo subiendo la piedra con la derecha mientras corta cabezas de la hidra con la izquierda.

Lo más valioso que traen consigo los que regresan de un viaje no son los objetos que hayan adquirido, los llamen o no *souvenirs*, es la narración del viaje, de lo vivido, de los encuentros, de los asombros, los choques, los éxitos y los fracasos. Las experiencias extraordinarias lo son aún más cuando las contamos. Vivimos para contarlo, para narrarles cuentos a los demás. Por eso en muchas ocasiones, incluso mientras estamos viviendo determinadas situaciones, ya estamos anticipando el placer de relatar, incluso pensamos en los futuros receptores del relato; o incluso nos consolamos con el fatalista «dentro de un año cómo nos reiremos», ya que sabemos que convertiremos esa situación desagradable en un relato cómico en cuanto logremos la distancia narrativa.

Hace un tiempo seguí una clase magistral en línea ofrecida por el humorista y escritor estadounidense

David Sedaris. El humor de Sedaris parte de la premisa de que los seres humanos somos, por lo general, bastante ridículos. Sedaris nos observa y, sobre todo, se observa desde una mirada a la vez ácida y tierna. Toda su obra está marcada por la autoironía, que es también una actitud ante la vida. En su clase magistral, Sedaris hablaba de cómo todas sus experiencias se convierten en literatura y de que ser consciente de ello le ha ayudado en momentos difíciles (por dramáticos, ridículos, incómodos...) ya que mientras le estaba sucediendo, siempre había una parte de él que se decía: «Algún día escribiré sobre esto». Sedaris se preguntaba, además, cómo se las arregla la gente que no escribe para afrontar todo tipo de vicisitudes. Porque siempre nos pueden pasar cosas poco agradables.

Tenemos que aceptarlo. Bueno, y aunque no lo hiciéramos, no por eso dejarían de pasar. Tal vez de alguna de estas experiencias nazca un relato, una novela, una columna. «A un escritor no puede pasarle nada malo, todo es material», dice Philip Roth. Es una suerte, entonces, ser escritora.

Porque al contarla, al convertirla en un relato, hasta parece que la vida tenga sentido. No lo tiene, lo sé, pero en el relato lo disimula muy bien. Y encima podemos manipularla en la forma que más nos convenga. En manos del narrador, la vida es arcilla. Mejor aún, plastilina, que no se seca y por eso podemos cambiarle la forma infinitas veces. Porque todo cobra sentido cuando lo contamos. Sin oyentes, sin lectores, los relatos pierden su razón de ser y con ellos la vida entera.

Por eso espero que la señora del besugo encontrase en su pueblo muchos oyentes que atendieran y apreciasen sus historias, gente que se riera con ella y sintiera después congoja y admiración.

17
Última palabra

Tocaría ahora encontrar las palabras con que cerrar este libro.

En un principio había pensado que fuera una palabra alemana: «*Froteufel*», la última palabra cuya definición Jakob Grimm completó en su diccionario poco antes de morir en 1863. Jakob y su hermano menor, Wilhelm, que había muerto en 1859, llegaron a catalogar un cuarto de las palabras del alemán. *Froteufel* es la palabra que designa al demonio que uno no consigue controlar. Aunque no sea una gran palabra, es la última que elaboró uno de los grandes de la filología. Me parecía una buena idea para cerrar.

Pero, por otro lado, me había propuesto que una palabra que me gustó desde que me la encontré en un libro de ciencias naturales de la escuela encontrase un espacio en este libro y, como no lo ha hecho, y se trata, además, de una deuda que tengo con la gran científica, voy a cerrar con ella: protozoo.

AGRADECIMIENTOS

Los peces abisales, pese a su aspecto a veces terrorífico, a veces cómico, son animales sensibles y frágiles. Aunque su hábitat natural son las profundidades oscuras y frías, este pez se aventuró a emprender el viaje a la superficie.

Un remolino tan amable como convincente, una afortunada conversación con Juan Cerezo, mi editor, lo metió en una corriente ascendente por la que se dejó llevar.

A medio camino, y con mucho temor en los cartílagos, tuvo la suerte y el privilegio de ser leído por Társila Reyes y Angélica Jiménez, cuyos cariñosos comentarios le dieron valor para seguir nadando.

Ya sintiendo la superficie muy cercana, otras dos grandes lectoras, Katarzyna Moszczyska-Dürst y Ella Sher, le pusieron una coraza que protege sus delicados órganos.

Quien siempre es el primer lector, mi marido, Klaus Reichenberger, se reservó en esta ocasión la última lectura y así le regaló unas gafas de sol para que no se le lastimen los ojos.

Christina Sánchez, fantástica editora de mesa, se ha encargado de que aparezca guapo y libre de parásitos.

Los compañeros de Tusquets han encendido las lamparitas bioluminiscentes con las que ha llegado hasta ustedes.

A todos, muchas gracias.